www.tredition.de

AF217682

Paolo Bianco

# Chaikovskogo 63/9

## ......15 Jahre Perestrojka

www.tredition.de

© 2016 Paolo Bianco

Verlag: tredition GmbH, Hamburg

Umschlag. Bilder und Gestaltung: Paolo Bianco

ISBN
Paperback:     978-3-7345-5505-3
Hardcover:     978-3-7345-5506-0
e-Book:        978-3-7345-5507-7

Printed in Germany

# Paolo Bianco

# Chaikovskogo 63/9

......15 Jahre Perestrojka

## Vorwort

*Helmut Schmidt hat einmal gesagt; um Russland und die Russen verstehen zu können -Voraussetzung für gute gemeinsame Geschäfte- muss man Dostoevskj gelesen haben.*

*Zusätzlich bin ich zwischen 1992 und 2007, mehrmals im Jahr nach St. Petersburg, manchmal auch nach Moskau gefahren.*

*Ich glaube mittlerweile, nach 15 Jahren, die Russische Mentalität etwas zu verstehen und manche Mechanismen des täglichen Lebens zu beherrschen.*

*Mit dem geschäftlichen Erfolg hielt es sich in Grenzen, aber es hat Spaß gemacht.*

*Wir haben unser Büro in der Ulitza Chaikovskogo 63/9 gehabt. Das ist der Ort in Russland wo ich die meiste Zeit verbracht habe.*

---

Das Titelbild ist einigen der vielen Freunde gewidmet wie:

*Tatjana, Sergej, Aleksander, Sonja, Kira, Vadim, Dima, Natalja.*

Wenn sie zufällig in der Nähe von Chaikovskogo 63/9 waren, haben sie kurz reingeschaut, auf eine Tasse Tee oder Nescafè. Auf dem Bild auch zu sehen: Die Mitarbeiter *Aida, Lev und Valentina.*

## Sankt Petersburg

*Gebaut um zu glänzen. Um durch ihre Schönheit der ganzen Welt die Macht des Russischen Imperiums zu zeigen.*

*Stolz und Kummer zugleich von fünf Millionen Einwohnern, die ihren Stadtgründer abgöttisch lieben und ihn aber auch für alle ihre ‚Malaisen' verantwortlich machen. Nur weil er eine Stadt auf einem Sumpf gebaut hat.*

*Die langen, kalten und nassen Winter, praktisch ohne Tageslicht, verursachen schwere Erkältungen, Depressionen und Kraftlosigkeit, während der Sommer, wenn es nie dunkel wird, Schlaflosigkeit, psychosomatische Störungen und Dekonzentration mit sich bringt.*

*Das Klima wird auch für die schlechten Zähne beim Großteil der Bevölkerung verantwortlich gemacht. Vielleicht ein Grund warum Peter I, neben seiner Aufgabe als Zar, sich auch als Zahnarzt betätigte.*

# Chaikovskogo 63/9

## ......15 Jahre Perestrojka

## Sankt Leningrad

Ich hatte mich von meinen damaligen Geschäftspartnern Bent und Matte (Matthias) breitschlagen lassen und flog im November 1992 zum ersten Mal nach Russland, genau gesagt nach Sankt Petersburg, was noch ein paar Monate zuvor Leningrad hieß.

Matte war schon vorher geflogen, um dort alles für unseren Aufenthalt vorzubereiten. Bent und ich flogen über Stockholm, mit SAS und Aeroflot. Als erstes vergaß Bent seinen roten Cashmere Schal in der SAS Maschine, so hatten wir in Stockholm etwas zu tun um einen neuen zu besorgen. Außerdem kaufte ich im Duty-Free Shop eine Stange Zigarette, die etwa das doppelte kostete als am Bahnhofskiosk in Altona. Bent kaufte eine Flasche Vodka, was auch völlig bescheuert war. Mit dem Geld hätte er in Sankt Petersburg eine ganze Kiste gekriegt.

Beim Flug mit Aeroflot nach Sankt Petersburg erkannten wir die ganze Tragweite der Perestrojka. Die Stewardessen, wir vermuteten sie waren welche, weil sie als einzige Russisch sprachen, hatten keine Uniform an, sondern normale Kleidung, eben das was sie gerade im Schrank hatten. Ich bin sicher, dass sie auch Uniformen im Schrank gehabt haben, aber sie wollten damit zeigen, dass sie jetzt wesentlich freier sind. Die Tupolev 144, war vollgepackt mit Skandinaviern -außer Bent und mir- die wahrscheinlich ein vergnügliches Wochenende vor sich hatten. Die Touristen strömen ins Land. Bringen jede Menge Dollar mit. Das ist gut! Aus den Filmen von Ingmar Bergman und neuerdings den Krimis von Stieg Larsson, kennen wir das spritzige Gemüt der Skandinavier, aber sobald sie fremden Boden -am liebsten zollfreien- betreten, werden sie zum lustigen Völkchen. Die Stimmung in der Maschine war prächtig. Die Stewardessen in Jeans servierten andauernd billigen Cognac und anderen Fusel, auch bei Start und Landung. Wir wissen bis heute nicht ob der Kapitän eine Uniform anhatte, aber er landete sicher, bei Schneetreiben, auf dem Flughafen Pulkovo 2.

Matte hatte versprochen, uns am Flughafen abzuholen. Die kleine Ankunftshalle war voll mit Russen die wahrscheinlich auf die Skandinavier warteten, da in der Zeit keine andere Maschine angekommen war. Von Matte nichts zu sehen. Wir entdeckten einen Mann der ein Stück Pappe hochhielt, wir glaubten unseren Namen auf der Pappe entziffern zu können. Es stimmte, Gott sei Dank und wir grinsten den Mann an. Er drehte sich um und wir folgten ihm zu einem hellgrauen Lada.

Nun, wenn man keine andere Wahl hat folgt man seinen Instinkt, bzw. das, was man glaubt, dass es richtig sei zu tun. Später in Deutschland sagte mir ein Freund "Ihr müsst doch bescheuert oder besoffen gewesen sein, bei einem 'fremden' Russen ins Auto zu steigen. Er hätte euch sonst wo hinfahren können". Der Mann mit dem Pappschild und dem Lada machte den Kofferraum auf, der bereits voll mit Plastiktüten und Gummistiefeln war. Wir quetschten unser Gepäck auf die Plastiktüten -wer weiß was da drin war- und stiegen ein. Unser Freund raste auf glatter Fahrbahn, bei Schneetreiben und im Dunkel Richtung Stadtzentrum. Bent wiederholte in regelmäßigen Abständen den Namen unseres Hotels. Der Fahrer nickte uns jedes Mal kurz zu. Ich war von Sankt Petersburg oder zumindest von dem Teil den ich am Anfang unserer Fahrt sehen konnte, nicht besonders beeindruckt. Breite Straßen, wenige Autos, noch weniger Menschen und links und rechts Plattenbauten. Aus den Erzählungen einer frühen Mitarbeiterin, die in den 80er Jahren eine Intourist Reise nach Leningrad unternommen hatte, entwickelte ich ein ganz anderes Bild dieser Stadt:

*Hügelige Landschaft am Ufer der Neva mit prächtigen Palästen an den Promenaden beidseitig des Flusses. Keiner hatte mir bis dato gesagt, dass Zar Peter I aus irgendeinem Grund eine Stadt auf den Sümpfen am Finnischen Meerbusen bauen ließ.*

Wir kamen dem Stadtzentrum näher, vermutete ich zumindest, denn die Gebäuden links und rechts der Straße waren nicht mehr so hoch und weniger hässlich und es waren Lichter zu sehen. An einigen Punkten entlang der langen breiten Straße versammelten sich größere Gruppen von Menschen, aber ich konnte nicht richtig erkennen was sie dort suchten oder taten. Ich werde später erfahren, dass diese U-Bahn-Stationen waren, wo die Bevölkerung sich an Kiosken mit dem Lebensnotwendigen versorgen kann; Wurst, Vodka, Bier, Zigaretten usw. Bent hatte es sich mittlerweile auf dem Rücksitz bequem gemacht und war eingeschlafen. Er konnte also nicht die zunehmende Veränderung der Umgebung wahrnehmen - aber er kannte sie ja, weil er schon mal im August hier gewesen war- Prächtige Paläste hatten die Plattenbauten abgelöst und die Bürgersteige des Nevskij Prospekts waren voller Menschen, die irgendwohin gingen oder irgendwoher kamen, trotz Schneetreiben und Dunkelheit -es war bereits 16.00 Uhr-.

Unser Fahrer hielt an. Wir waren wohl am Hotel angekommen, weil er im gebührenden Abstand vom Eingang parkte. Direkt neben dem Eingang parkten etwas größere und dunkleren Limousinen. Ich fragte mich ob er sich wegen seinem klapprige hellgrauen Lada schämte oder ob er unser Image als 5-Sterne-Hotel Gäste nicht schädigen wollte. Nix davon, er wollte lediglich der Taxi-Mafia aus dem Weg gehen.

Die blonde Rezeptionistin mit dem Namensschild Natascha (die beiden anderen hießen auch Natascha) nahm uns die Pässe weg, ließ uns etwas unterschreiben und gab uns dann die Zimmerkarten zusammen mit einem Zettel von Matte 'ich bin im Mezzanine-Café'. Wir gingen erstmal dahin, um ihn zu begrüßen. Das Café war voller Menschen, die meisten deutsche Männer, die irgendwie so wie Versicherungsvertreter aussahen. Sie waren es auch. Alles Kollegen aus einer Hamburger Versicherungsfirma. Der Chef war auch dabei, der stadtbekannte Jürgen H., der in der Zeit sogar Präsident eines Fußballvereins war." Hallo Jürgen" sagte Bent (er kannte ihn nicht) komm setzt Dich zu uns. Jürgen H. begrüßte uns und beschwerte sich, dass seine Mitarbeiter seinen

Mantel versteckt hätten, bestellte aber einen Campari Soda nach dem anderen und redete ununterbrochen blödes Zeug. Irgendwann ging er aber mit seiner Meute von lustigen Vertretern, ohne zu bezahlen natürlich, was Matte sehr verärgerte, denn er musste für die Drinks bezahlen.

Matte hatte das Programm für den Abend gemacht: Erstmal schnell die Zimmer beziehen, dann kurz treffen mit Werner, dann etwas essen und später treffen wir uns alle in der Tschajka. Wer mit 'uns alle' gemeint war wusste ich nicht. Werner ist der Typ Mensch der gerade über ein Projekt erzählt und es gedanklich gleichzeitig abschreibt, weil es ihm schon zu alt und uninteressant geworden ist. Mit dem Wissen, dass Matte und Bent Werbung für eine Plattenfirma machen, hatte er bereits die Harfenistin vom Mezzanine Cafè angesprochen, ob sie nicht bereit sei eine CD aufzunehmen. Sie war natürlich sehr bereit, aber aus dem Projekt wurde nichts. Werner, der aus Berlin kam und Russisch sprach, wohnte nicht im Hotel, sondern bei einem russischen Freund, in einem Heim für Gehörlose. Der Freund, Igor, war Elektro Ingenieur und mit dem Heimleiter Alexander befreundet. Das große Projekt von Igor, Werner und Alexander möchte ich, als Laie, nur kurz beschreiben. ‚Große Computeranlagen werden für wenige Rubel von der gerade in Auflösung befindlichen Roten Armee aufgekauft und ins Heim gebracht. Dort werden sie von den Gehörlosen auseinandergenommen und die kleineren Teile mit Edelmetall gehen in die Schweiz. Hier wird das Edelmetall separiert'. Das Projekt wurde tatsächlich in Angriff genommen. Wird aber von mir gesondert behandelt.

Unser Abendessen war von Werner bestellt worden. Im Restaurant Neva am Nevskij Prospekt. Das Lokal war sehr groß, dunkel und praktisch leer. Es gab das typische Russische Menu: Verschiedene kalte und warme Speisen mit Mineralwasser, Vodka und Tomatensaft. Alles zusammen auf dem Tisch. Nicht schlecht! Das musikalische Programm dagegen eher mittelmäßig. Nach dem

Essen gingen wir einige Schritte -im Schneetreiben- bis zur Tschajka, dass damals noch das einzige Lokal von gutem Niveau war, mit internationalem Publikum. D.h. Touristen, Möchtegern-Abenteurer und Geschäftsleute, sowie Studentinnen aus allen Regionen der ex-Sovjet Union. Die Tschajka wurde Ende der 80er Jahre von einem Hamburger Gastronom, Broder Drews eröffnet. Sicherlich eine Goldgrube zu der Zeit. Man munkelte aber inzwischen, dass Broder die Tschajka verkaufen und nach Hamburg zurückkehren wollte. Hier machen wir zunächst die Bekanntschaft mit Jana, der Freundin von Matte, eine Studentin aus Depnopetrovsk, seit 2 Jahren hier gestrandet. Das Lokal war proppenvoll und es schien, dass die meisten Besucher sich untereinander kannten, inkl. Matte und vor allem Werner. Vielleicht um mir einen Gefallen zu tun hatte Jana eine Freundin mitgebracht, die etwas Italienisch sprach. Sie war viel zu dünn und viel zu Groß, und sie lachte andauern sehr laut. Aber sie war intelligent, denn sie verstand sofort nicht mein Typ zu sein und widmete sich fortan einem Holländer, Vertreter von Unilever. Matte tänzelte zwischen den Grüppchen hin und her. Plötzlich kam er ganz aufgeregt zu mir und sagte: Komm, komm da ist jemand der dich kennt. An einer Ecke des Tresen saß ein Mann, südeuropäisch aussehend. Ich erkannte ihn sofort wieder: Joao Pinto, ein Portugiese der, als ich ihn kennengelernt habe, in London lebte und in der gleichen Branche wie ich arbeitete. Jetzt war er nach Portugal zurückgekehrt, lebte in Carvoero und tat anscheinen nichts. Er befand sich auf dem Weg nach Moskau, wo er eine Verlobte hatte und am nächsten Mittwoch das Spiel Benfica gegen CSKA Moskau sehen wollte. Auch er wohnte im Grand Hotel Europa.

Kurz danach kam auch Igor, der Freund von Werner. Er war genau wie ich ihn mir vorgestellt habe. Also der Inbegriff des russischen Mannes in der Zeit: Schlecht angezogen, ungekämmt und dazu noch fett und verschwitzt. Ich musste ihm die Hand geben und ganz kurz lächeln. Nicht mehr auch weil er keine Silbe irgendeiner Fremdsprache sprach.

Gegen 23 Uhr, Werner gibt das Zeichen zum Aufbruch. Im Norden der Stadt hatte eine neue Disco aufgemacht. Taxi hatte er schon bestellt. Die Gruppe bestand aus Matte, Jana, mir, Bent, Joao Pinto, den Holländer, der die Bohnenstange abserviert hatte, Werner und Igor.

Die neue Disco war gar nicht so schlecht. Modernes Ambiente, junges Publikum, gute Musik -nicht zu laut- und die Drinks zu annehmbaren Preisen. Gegen 2 Uhr nachts waren Bent und ich fix und fertig vom Tag. Wir guckten uns um und sahen wie fast alle noch zu tun hatten und beschlossen ins Hotel zurück zu kehren. Werner holte uns ein Taxi und bat uns Igor mitzunehmen, da das Institut auf dem Weg lag. Mi etwas Glück schaffte ich den Beifahrersitzt zu ergattern. Bent musste nach hinten in die Mitte zwischen Igor und einer Discogängerin, die ihn gebeten hatte sie bis ins Zentrum mitzunehmen. Am Institut angekommen, stieg Igor aus und landete auf dem eisglatten Bürgersteig auf dem Hintern. Keiner von uns kümmerte sich um ihn. Nicht der Fahrer, nicht ich und schon gar nicht Bent, der mittlerweile sehr beschäftig war, auf der engen Rückbank mit der Jungen Dame Russisch zu lernen. Mit dem Körper-Kontakt-System.

Nach diesem rasanten Auftakt verbrachten Bent und Ich, zwei nicht weniger intensive Tage und Nächte in Sankt Petersburg: Konzerte, Sovjetisches Essen und natürlich Besichtigungen – Isaak Kathedrale, Hermitage usw. sowie Begutachtung einer neuen Diskothek -die Nevskij Melody-.

Die Idee (von Matte) ein Büro in Sankt Petersburg aufzumachen nahm Formen an. Er hatte ein Treffen mit einer jungen Frau arrangiert, die laut vertraulichen Informationen -wahrscheinlich von Werner und Igor- als Partnerin und Büroleiterin sehr geeignet war. Die junge Frau namens Natalja, arbeitete als Vertreterin einer Moskauer Firma und empfing uns in ihrem kleinen Büro am Stadtrand -also am A.. der Welt-. Die Fahrt hin und zurück raubte uns den halben Tag, aber es hat sich gelohnt. Ein Jahr später wurde die Firma im Büro für Außenwirtschaft der Petersburger Oblast registriert. Direktoren: Natalja und Ich. Unterzeichner der Registrierung: Der damalige Ressortleiter Vladimir Vladimirovic Putin.

Am Sonntag war Abreisetag und noch voller Ereignisse. Gleich nach dem Frühstück; orthodoxer Gottesdienst. Nach unserer Rückkehr ins Hotel die erste Aufregung: Joao Pinto machte Ramba Zamba, weil er meinte; ihm wurden aus dem zentralen Hotel-Tresor 3.500 $ gestohlen. Alles klärte sich rasch auf –auch dank Bent und mir- er hatte in der Nacht davor, im Suff, den Umschlag von der Rezeption abgeholt. Also, er konnte beruhigt weiter nach Moskau fliegen zum Spiel Benfica Lissabon gegen CSKA Moskau und zur vermeintlichen Verlobten. Dann kam Werner mit zwei Figuren und zwei Umschlägen. Der alte Mann war ein Admiral, sagte Werner, die Junge, blasse Frau angeblich seine Nichte.

In einem Umschlag gab es Baupläne für ein Schiff. Ich war sicher es war ein U-Boot. Werner meinte es sei eine Yacht, die man schnell renovieren und durch mich an deutsche Touristen vermieten kann. Ich nahm den Umschlag um nicht unhöflich zu sein. Im zweiten umschlag befanden sich unzählige Blätter –wie ein Katalog, aber nicht gebunden- mit lauter Abbildungen von Utensilien und Beschreibungen auf Russisch und Preisen in Rubel. Ich fragte Jana, die etwas Englisch konnte, was denn diese Auflistungen bedeuten würde. Sie fing an laut zu lachen und sagte mir es seien Verkaufslisten für zahnärztliche Utensilien. Werner fügte hinzu: „Die kann man gut in Deutschland verkaufen". Ich guckte Bent an, er sagte sehr leise NEIN.

Da wir ohne Matte zurückgeflogen sind –er hatte noch etwas in Sankt Peterburg zu erledigen- ließen wir beide Umschläge an der Rezeption mit der Aufschrift: ‚For Mr. Matthias Berenbarg'.

Am Flughafen*, an der kleine Bar neben dem Duty-Free Shop, nahmen wir noch einen ‚großen' Vodka mit Kaviarhäppchen zu uns. Der Rückflug war gut und wir landeten sicher in Hamburg, bei Nieselregen.

*) Anmerkung:

Als wir 3 Tage zuvor angekommen waren, stand auf dem Flughafengebäude der Name Leningrad, wobei fleißig daran gearbeitet wurde, den neuen Namen ‚Sankt Peterburg' einzusetzen. Sie haben wohl zunächst das Wort ‚Sankt' montiert und dann war Wochenende. Am Sonntagnachmittag, bei unserem Abflug, hieß der Flughafen ‚Sankt Leningrad'.

# Smile

Während der ersten Zeit unserer Aktivität, neben Marketing und Werbung, war auch die Förderung der Zusammenarbeit mit den Leistungsträgern vor Ort ein wichtiger Punkt. Meine Aufgaben waren eher Marketing und Werbung, während Natascha sich um die Operative und die Pflege der Kontakte in Sankt Petersburg kümmerte. Trotzdem verlangte sie oft, wenn ich dort war, dass ich sie zu Terminen mit den russischen Partnern begleite. Sie meinte, dass auch der Generaldirektor der Agentur, also ich, die Partner kennen lernen sollte. Bei diesen Besuchen habe ich viel gelernt! Z.B. über die Logik, die hinter bestimmten Post-Sovjetische Regeln stand. Bei einer Preisverhandlung mit einem großen Hotel, das gerade aus dem Intourist Imperium in die Selbständigkeit entlassen wurde, bestand der Verkaufsleiter darauf, dass die Einzelzimmer teurer als die Doppelzimmer (für zwei Personen und mit Frühstück, versteht sich) sein sollten, weil normale Menschen, d.h. Touristen, immer in Doppelzimmern wohnen, während die Einzelzimmer nur von Geschäftsleuten gebucht werden. ‚Die können ruhig etwas mehr bezahlen' sagte er. Auch Lenin hätte sich bestimmt über diese diskriminierende Behandlung an der Reception beschwert!

Gelernt habe ich auch, dass jede Firma, Institution, Vereinigung etc. einen Generaldirektor hat, den man aber nie zu sehen bekommt. Ich habe auch mal vermutet, dass nirgendwo in Russland Generaldirektoren in Fleisch und Blut existieren. Die wurden bestimmt vom mittleren Management erfunden, das auch jeden Monat dessen Gehalt unter sich aufteilte. Verhandelt wird mit Abteilungsleitern und nur in besonderen Fällen mit stellvertretenden Direktoren. Besondere Fälle sind z.B. die Barzahlung an Museen, Paläste und ähnliches für die Genehmigung, dort Events abhalten zu dürfen. Ich habe nur einmal, während meiner ganzen Petersburger Zeit einen Generaldirektor getroffen. Es war bei einer Besprechung im Hotel Pribaltijskaya, für die Durchführung eines

Kongresses für tausend Personen in diesem Hotel. Er kam nur kurz ins Besprechungszimmer rein und wünschte uns viel Glück.

Eine weitere Besonderheit dieser Zeit war die Tatsache, dass die Menschen bei der Arbeit nicht lächeln konnten, insbesondere bei Dienstleistungsberufen. Der Rausch der ersten Perestrojka-Jahre war verflogen und statt Karrieren als Kosmonaut und Ballerina träumen zu können, waren nun welche als Kellner oder Kassiererin zu erreichen. Da gab es nicht viel zu lachen. Man merkte förmlich, dass diese Menschen nichts gegen andere Menschen hatten, auch nicht gegen Kunden, aber sie hatten einfach nicht gelernt, dass es für das Geschäft besser ist zu lächeln, statt den Blick schräg nach unten zu richten, während man mit einem Kunden spricht.

Bei einem Gespräch mit der Verkaufsleiterin vom Hotel Europa - immerhin das beste Haus am Platz- habe ich mal das Thema angesprochen. Marianna, eine resolute junge Russin, die später einen Deutschen geheiratet hat, hörte aufmerksam zu als ich sagte: „Marianna, du muss mal deine Kollegen beobachten, sie machen ihre Arbeit gut, keine Frage, aber sie lachen nie. Sie sehen so aus als würden sie gerade erfahren haben, dass ihr Ex-Ehemann die letzten gemeinsamen Rubel verspielt hat, oder -je nach Geschlecht- dass ihre junge Braut ein Verhältnis mit dem DJ vom Nevskji Melody hat. Die Welt ist nicht so traurig Marianna, und die Gäste gar nicht so böse". Einige Wochen später erzählte mir Natascha, dass sie im Hotel Europa war und dort den Personaldurchgang zu den Büros genommen hatte. Auf der Mitteilungstafel war ein Übergrosses Smiley zu sehen, darunter die Worte: ‚Bitte lächeln, die Gäste sind nicht böse'.

## Frauentag

Natascha hatte mich gewarnt. Auch wenn der offizielle Feiertag erst Montag ist, wird schon ab Freitag kräftig gefeiert. Viele Firmen gehen mit der ganzen Belegschaft aus. Kollegen beschenken die Kolleginnen, und Kolleginnen beschenken sich gegenseitig. Es ist eine russische Angewohnheit um einen einzelnen Feiertag herum mehrere Tage blau zu machen. Es gibt die Vorbereitung, die Vorfreude und die Vorfeier. Am eigentlichen Feiertag sind dann alle so fertig, dass sie sich noch ein paar Tage zum Ausruhen genehmigen. In der Tat. Freitagmorgen, auf dem Weg ins Büro, traf ich auf unzählige Frauen und einige Männer mit Blumensträußen, Kuchenkartons und anderen Päckchen in der Hand. Vermutlich Geschenke.

Der Tag im Büro verlief normal bis ca. 15.00 Uhr als eine gewisse Unruhe aufkam. Valentina hatte selbstgebackene Blinis mitgebracht, Natalja eingelegte Pilze und Aida deckte den Tisch. Zu den Blinis wurden auch marinierte Fische gereicht. Auf die süße, weiße Crême verzichtete ich, weil Natalja der Meinung war, dass diese mir nicht schmecken würde. Wir tranken Tee und redeten über Gott und die Welt und speziell über den Frauentag. Über Ursprung und Sinn konnte ich nicht überzeugend aufgeklärt werden. Russische Frauen, im Gegensatz zu den meisten russischen Männern, sind sehr gepflegt und achten sehr auf ihr Äußeres. Sie stolzieren durch die Stadt mit einer Haltung, als wären sie alle aus der Makarowa Ballettschule. Die meisten von ihnen sind auch sehr hübsch und zeigen es gerne. Was sie noch wertvoller macht, ist die Tatsache, dass sie sehr tüchtig sind. Sie erledigen die meiste Arbeit, sie kümmern sich um die Familie, und mindestens einmal im Leben lassen sie sich scheiden und schicken die faulen Männer dorthin wo der Pfeffer wächst, oder Vodka ausgeschenkt wird. Ich finde, dass sie einen Feiertag ganz für sich verdient haben, auch wenn dieses das Land für 5 Tage lahmlegt. Natalja, Aida und

Valentina gingen fröhlich nach Hause. Alle hatten noch irgendwelche Geschenke zu besorgen und waren mit irgendwelchen Freundinnen verabredet. Natascha und ich wollten noch etwas arbeiten. Einige Anrufe bei Geschäftspartnern blieben ohne bedeutende Wirkung. Als sich auch noch der Computer mehrmals weigerte anständig zu arbeiten, beschlossen wir mit der Arbeit Schluss zu machen und warteten rauchend und Tee trinkend auf Aleksander, der uns fahren sollte. Natascha wollte auf dem Weg nach Hause noch Geschenke besorgen und evtl. bei Tatjana vorbeischauen. Ich fuhr ins Hotel um mich ein bisschen auszuruhen.

Da mein Hotel nicht sehr zentral lag -es war vor kurzem eröffnet worden und ich kannte mich in der näheren Umgebung nicht gut aus- beschloss ich mit einem Privattaxi zum Nevskji Prospekt zu fahren um etwas zu Abend zu essen. Der junge Fahrer aus Krasnojarsk hatte zwar einen alten BMW mit Heckspoiler, aber er kannte sich in Sankt Petersburg überhaupt nicht aus, geschweige denn Englisch sprechen. Ich lotste ihn sicher bis in die Nähe von Gostinj Dvor. Nataschas Befürchtungen bewahrheiteten sich. ‚Alles wird voll sein heute Abend, Restaurants, Kneipen, Cafès ... voll mit russischen Frauen die mit ihren Kolleginnen den Frauentag vorfeiern.

Nur zwei Lokale luden mit gähnende Leere ein. Das Sadkos -seit ein paar Jahren wurde es von Russen und Ausländern systematisch gemieden- und die Tschajka, wo sich nur noch vereinzelte Asiaten und nostalgische Deutsche verirrten. Ich konnte noch einen Platz an einem kleinen Tisch direkt am Eingang in der Pizza Patio ergattern. Vorteil: ich hatte das ganze Schauspiel der feiernden Frauen im Blick. Nachteil: jedes Mal, wenn die Tür aufging kriegte ich eine Fuhr Russischer Winter in den Nacken. Die Pizza schmeckte halbwegs und der Rotwein aus unbekannter Herkunft war wirklich nicht schlecht. Mein Verdauungsspaziergang führte mich entlang des Moika Kanals. Ich wollte noch über die ul. Italianskaja bis zum Kunstplatz laufen und von dort ein Taxi nehmen.

Die Blutskirche vor mir strahlte in der klaren Nacht, die Menschen liefen relativ schnell in die eine oder andere Richtung, denn es war ziemlich kalt.

Plötzlich wurde ich von einer Horde von Menschen, die von hinten kamen, eingekesselt. Es waren sehr fröhliche Menschen die laut lachten und redeten. Alles Kolleginnen, die gerade dabei waren den Frauentag vorzufeiern. Ich muss wohl was Nettes gesagt haben, denn ich wurde sofort adoptiert. Alle redeten mit mir, lachten und fragten irgendwelche Sachen, die ich nicht verstand. Sie wollten vermutlich wissen wo ich herkomme, was ich mache und wahrscheinlich auch wie ich heiße. Im Pulk überquerten wir den Kanal über die Fußgängerbrücke. Versuche mich aus der Umklammerung zu befreien schlugen fehl, denn es war auch sehr glatt auf der Straße. Ich wurde praktisch in das Lokal Marstall 'reingespült'. Schon das Abgeben der Mäntel an der Garderobe schien der Gruppe einen riesigen Spaß zu machen. Anschließend musste man das Eintrittsgeld an der Kasse bezahlen. Ich nutzte die Gunst der Stunde, ging zum Türsteher und sagte so etwas wie 'ya Nemetskij' was 'ich bin Deutscher' heißen sollte. Er ließ mich ohne Weiteres rein. Mit diesem Zeitvorsprung fühlte ich mich erstmal sicher und suchte einen ruhigen, etwas verdeckten Platz an der Theke.

Kaum wollte ich etwas zu trinken bestellen, schon war sie da, meine Frauengruppe. Nun war ich mittendrin! Die Gruppe bestand aus vielen Frauen in verschiedenem Alter und zwei Jünglingen. Der eine, etwas größer und im Anzug, hieß Igor, der andere, etwas kleiner weiß ich nicht. Eine der Frauen, jung, blond, blass sprach etwas Englisch und fing an mir zu erzählen, von welcher Firma sie sind, was sie machen usw. usw. Sie hatten etwas mit Kunst zu tun, soviel konnte ich verstehen. Ich wurde von allen per Handschlag begrüßt. Die Direktorin hieß Tatjana, die Abteilungsleiterin Finanzen Olga, alle anderen entweder Natascha oder Irina. Igor war für die Getränkebestellungen zuständig, und er war sehr fleißig. Ich brauchte nicht zu bestellen und nicht zu bezahlen. Ich bekam Vodka.

Um etwas ‚Bestimmtem' vorzubeugen fasste ich mich in regelmäßigen Abstände an das linke Knie und erklärte dann, dass ich in meiner Jugend Fußballer war und einen Unfall hatte. Seitdem sei mein linkes Bein 1 cm. kürzer und das Knie schmerzt immer noch. Die Botschaft kam an und ich wurde nicht zum Tanzen aufgefordert. Pluspunkte konnte ich bei der Gruppe mit der Frage sammeln wie der Zustand von Zenith Sankt Petersburg sei, der bekanntesten Fußballmannschaft der Stadt. Sofort wurde mir etwas darüber erzählt, und dass am morgigen Samstag das erste Spiel der neuen Saison gegen irgendeine Lokomotive oder Dynamo anstehe. Ich versprach, mir das Spiel im Fernsehen anzuschauen. Das Lokal wurde immer voller, viele der Frauen tanzten, und Igor war immer noch fleißig am Bestellen. Ich beschloß, dass es nun an der Zeit war zu fliehen. Dieses gelang mir. Ich ging an dem Türsteher vorbei, er nickte und sagte so etwas wie 'Wieso schon weg?', ich machte eine Handbewegung und sagte 'rabota'. Ich wollte damit erklären, dass es mir sehr leidtat, dass ich schon weg mußte. Ich hatte mich da drin sehr wohl gefühlt aber ich hatte am nächsten Morgen -sehr früh- einen Termin.

Draußen in der klaren, kalten Nacht, unterhalb der angestrahlten Blutskirche, konnte ich aufatmen. Der Taxifahrer vor dem Lokal wollte mich unbedingt für 500 Rubel zum Hotel fahren. Ich blieb standhaft und ging zur nächsten Straßenecke, wo ich ein Privattaxi nahm. Gemeinsam fanden wir das Hotel, ich gab ihm 150 Rubel, er war zufrieden und ich auch.

## Mit Vadim in der Küche

Unser Büro befindet sich in einem historischen Palast in der Ulitza Chaikovskogo 63/9. In den Annalen der Stadt kann man nachlesen, wer alles in Laufe der Zeit hier gewohnt hat oder ein und aus ging. Am Anfang der Zaren Zeit sind es meistens Künstler gewesen. Sogar Leonid Tolstoj soll hier regelmäßig vorbeigeschaut haben. Mit der Oktoberrevolution wechselte auch drastisch die Struktur der Bewohner und Besucher des Hauses. Die bekanntesten unter ihnen: Der uneheliche Sohn vom Jurist Pawlinow -auch als roter Kommissar bekannt- der heute auf dem Marsfeld begraben liegt, und Vladimir Ilijtsch Lenin.

Zum Schluss wurden die Wohnungen zu Kommunalwohnungen umfunktioniert. Es war die Idee meines Partners die Wohnung zu erwerben und als Büro für die neue Firma zu nutzen, statt unsichere und teure Mietverträge einzugehen. Ich machte mit, auch weil er den Großteil der finanziellen Last trug. Gegen Bares gingen die Formalitäten für Kauf und offizielle Eintragung sehr schnell über die Bühne. Die Renovierungsarbeiten -auch gegen Bares- liefen dagegen eher schleppend. Aus Solidarität mit dem russischen Volk und auch aus Kostengründen, hatten wir uns für eine Petersburger Baufirma entschieden. Das Konkurrenzangebot der Finnen war doppelt so hoch.

Irgendwann im Dezember 1993 war alles fertig. Der wertvolle Deckenschmuck restauriert, die Wände tapeziert und der Fußboden ausgelegt. Nur das Mobiliar fehlte noch. Eine Containerladung aus Hamburg sorgte für das meiste. Büromöbel, Stühle, Computer, Lampen, Drucker, Fax-Gerät, etc. etc. Glanzstück war eine Sitzecke mit großem Tisch -alles aus Holz und im deutschen Bauernstil-, die aus dem Erbgut meines Partners stammt und genau in die Küche passte. Kurz nach der Büroeinweihung wurde eingebrochen und alle Geräte und einige Kleinmöbel wechselten über Nacht den Besitzer. Nur die Sitzecke in der Küche ist immer noch da und dient als ruhespendenden Raum und Kommunikationszentrum für Geschäftspartner und Freunde der Belegschaft. Wer gerade in der Nähe ist, kommt vorbei auf einer Tasse Tee oder Nescafe und bleibt stundenlang in der Küche sitzen -speziell im Winter.

Am Ende eines arbeitsreichen Tages wollten Natascha und ich noch einige Papiere in Ordnung bringen, da klingelte das Telefon. Nach mehreren ‚da‘ und ‚khorosho‘ legte sie auf und sagte: Vadim kommt vorbei. Ich fragte wer er denn nun sei. „Ein alter Freund" sagte sie, er helfe manchmal mit dem Computer oder mit anderen Dingen aus. Kurz darauf stand Vadim in der Tür. Ein echter Russe, wie man ihn sich vorstellt. Groß, schlank, funkelnde Augen, langer Bart und die Haare...klar ungekämmt. Eine Kreuzung aus Rasputin und Peter I. Wir gingen in die Küche.

*Von Natasha werde ich später erfahren, dass er Schiffsingenieur war aber das Schicksal war nicht gnädig mit ihm gewesen. Die erste, wie fast immer in Russland, früh in die Brüche gegangene Ehe hatte ihn aus der Bahn gebracht. Die junge Ehefrau hatte ihn verlassen nachdem er eine ganze Woche nicht nach Hause gekommen war. Und nicht nur das. Sie fuhr mit ihrem Vater und seinem alten Lastwagen vor und nahm alles, aber wirklich alles, inkl. seiner Kleidung aus der Kommunalwohnung, mit (ihr Vater hatte in etwa die gleiche Größe wie Vadim). In guten Zeiten fuhr er als Bordmechaniker auf einem Flussschiff zwischen Moskau und Sankt Petersburg. Tiefpunkt seines Lebens sind die späte 80er Jahre gewesen, als Gorbacev Studenten und arbeitslose Akademiker zur Rettung der Landwirtschaft auf di Felder schickte und den Verkauf von Vodka verbat. Vadim war auch dabei, aber nicht lange.*

*Jetzt hatte er eine Beschäftigung als Schleusenwärter am Fluss Okhta, im Stadtteil Deviatkino bekommen. Ob er nun noch diese Stelle hatte wurde mir die ganze Zeit unserer ‚Freundschaft‘ nicht klar. Er war mit Tatjana befreundet, eine alte Freundin von Natasha. Wenn er nicht Schicht hatte half er seinen Freunden -also auch uns- mit kleinen technischen Arbeiten.*

Vadim entleerte auf dem Tisch den Inhalt einer noch relativ neuen Plastiktüte: Ein Packet Toastbrot, so ca. 10 Scheiben, 6 Würstchen und eine Literflasche Vodka. Ich fühlte mich, sozusagen als Gastgeber verpflichtet, mich zu bedanken und zu sagen, dass es nicht nötig gewesen wäre. Er sagte, dass er über den Tag fast nichts gegessen habe und wir hätten auch bestimmt Appetit. An dieser Stelle muss gesagt werden, dass Vadim nur Russisch spricht und ich nur ganz, ganz wenige Worte davon verstehe. Natascha entschuldigte sich -sie müsse endlich diese Papiere in Ordnung bringen- und verschwand aus der Küche. Sofort entflammte die Konversation zwischen Vadim und mir. Ich setzte alle meine westeuropäischen Sprachkenntnisse ein. Vadim blieb beim Russisch. Immerhin weiß ich seit diesem Abend, dass Vadim Gorbacev schlecht und Jelzin gut fand. Wahrscheinlich wegen der unterschiedlichen Auffassung der beiden Staatsmänner über die Auswirkung des Vodkas auf das russische Bruttoinlandsprodukt.

Was er nun mache und womit er sich seinen Lebensunterhalt verdiene war für mich, auch mit nachträglicher Hilfe von Natascha, nicht wirklich nachzuvollziehen. Aber wie soll auch ein Westeuropäer eine Welt verstehen, die sich täglich um 360° dreht, wo am Abend nichts mehr ist wie am Morgen aber eher ähnlich wie am Vortag und morgen geht es wieder andersherum. Zu einem großen Missverständnis kam es als ich verstand, dass er als Hobby mit einem Freund auf einer Yacht auf Flüsse und Kanäle fuhr, wobei er meinte, dass er mit diesem Freund zur Jagd auf irgendwelche Vögel am Ufer von Flüssen und Kanälen gehe. Das Missverständnis wurde irgendwie noch aufgeklärt und wir tranken einen Schluck darauf.

Vadim schien nicht wirklich an meinen Erzählungen interessiert zu sein, aber er war sehr freundlich und ich denke, dass er mich sehr mochte, denn er erhob ständig das Vodka Glas zu mir hinüber zum Na Sdarovje …. na ja, kalte russische Würstchen und ungetoastetes Toastbrot müssen auch runtergespült werden.

Nach einer Ewigkeit kam Natascha zurück in die Küche, guckte mich voller Staunen an und sagte: „Paolo Du spricht ja Russisch!!!"

Ich wusste, dass es nun an der Zeit war mit dem ‚Na Sdarovje' aufzuhören. Vadim packte die restlichen 4 Würstchen und 6 Scheiben Toast in seine Plastiktüte und verschwand mit Natascha in die kalte russische Nacht

**Die Dollarscheine in der Plastiktüte.**

Wenn Natascha am Telefon damit anfing: "Paolo du kennst doch meinen Freund ....", wusste ich dass ich für irgendjemand etwas tun musste. Und so war es auch als sie sagte: „Du kennst doch meinen Freund Dmitrij". „Nein" sagte ich, "ich kenne ihn nicht". „Doch! widersprach Natascha, er ist einer der jungen Anwälte aus meine Uni-Zeit. Mit einigen von denen sind wir mal ein Bier trinken gegangen". In der Tat konnte ich mich erinnern. Es passierte öfter, dass Natascha mich nach Feierabend zum Treffen mit irgendwelchen Freunden schleppte. Mir blieb nichts anders übrig als hin zu gehen, mich zu langweilen und im besten Fall mich zu betrinken, denn auch wenn sie -die Freunde- irgendeiner Fremdsprache mächtig waren, sprachen sie konsequent Russisch. Also, fuhr Natascha fort, „Dmitrij ist in letzter Zeit sehr erfolgreich gewesen, so hat er öfter seiner alten Mutter einen Hundertdollarschein geschenkt. Die alte Dame hat nach wie vor von ihrer kleinen Rente gelebt und die Dollarscheine gespart. Sie hatte sie immer bei sich in einer Plastiktüte, auch wenn sie ‚auf Datscha' war. Als die Plastiktüte zu voll und zu schwer wurde, begrub sie sie im Garten der Datscha.

Irgendwann fragte Dmitrij seine Mutter warum sie sich nicht etwas leiste, eine neue warme Jacke für den Winter, oder hin und wieder ein schönes Stück Fleisch zu essen, statt immer Bortsch oder eingelegtes Gemüse aus der Datscha. Sie sagte das Geld sei für Notfälle gedacht und gut aufgehoben. Dann bohrte der Sohn nicht mehr nach und liß die Mutter in Ruhe. Bis der Onkel Dima in Kazan starb. Sie rief Dmitrij an um ihn zu informieren und sagte, dass sie am nächsten Tag mit dem Zug zur Beerdigung fahren wollte. „Warum mit dem Zug" fragte er „es gibt mittlerweile gute und günstige Flüge, und außerdem solltest du dir etwas Neues anzuziehen kaufen. Du hast doch genug Geld für Notfälle". Schweigen auf der anderen Seite der Leitung, dann musste sie dem Sohn beichten, dass sie das Geld in einer Plastiktüte im

Garten der Datscha begraben hatte und nun sei der Boden gefroren und sie käme an das Geld nicht ran. Dmitrij schwieg und legte auf, fuhr zur Mutter und rief die Cousine Olga an: „Bitte Olga hol Mutter ab, fahr zum Gostinj Dvor und kauf ihr etwas Anständiges anzuziehen für eine Beerdigung. Und im Reisebüro kaufst du einen Flugschein nach Kazan und zurück. Onkel Dima ist gestorben. Ich lasse 300 Dollar hier auf dem Tisch". Er fuhr zurück in die Kanzlei und beschloss auf den Frühling zu warten.

Als der Boden frostfrei wurde fuhr er mit Mutter zur Datscha. Die Plastiktüte wurde schnell gefunden aber die Scheine hatten wohl die kalten Winter und die nassen Frühlinge nicht sehr gut überstanden. Natascha bat mich mit unserer Bank (Dresdner Bank), die auch eine Filiale in Sankt Petersburg hatte, zu sprechen ob man die verschimmelten Scheine in saubere umtauschen könnte. Ich tat es und wir alle warteten auf die Antwort.

Als erstes, danach, kam ein Mann zu Natascha ins Büro, der sich als Beamter der ‚Fremdwährungs-Kontrollbehörde' ausgab und von Natascha wissen wollte, ob sie Dollarnoten in großen Mengen im Büro aufbewahre. Das sei nicht erlaubt und gefährlich, sagte er. Natascha sagte, dass sie keine Dollar habe und rief Sergej an. Er sprach mit dem Mann und alles wurde geregelt. Ich sollte ihm bei meinem nächsten Besuch einen Schaal von Bayern München mitbringen. Ausgerechnet Bayern München. Ja, Sergej, er war wie der ‚Consigliori' und Schutzengel von Natascha. Bis Ende 1990 hatte er beim KGB gearbeitet. Danach wusste man nicht wie er über die Runden kam, bzw. ich wusste es nicht. Aber er war immer sehr gepflegt, gut angezogen und gut genährt. Und gekämmt...

Die Geschichte mit den Dollarscheinen ging einige Monate hin und her bis die Bank anbot die Scheine zu tauschen, mit einem Abschlag von 30%. Das war dem Dmitrij zu viel Verlust, bzw. zu wenig Ertrag und er sagte zu Natascha, dass er selber etwas unternehmen wollte.

Inzwischen hatte er in der Politik –in Moskau, an der Seite von Putin- Karriere gemacht und fand andere Wege die Scheine 1 zu 1 umzutauschen.

## 550 Pelzmäntel

Im Frühjahr 1996 hatten Natascha und ich fast gleichzeitig das Gefühl, dass unserer Firma ein ganz großer Coup gelingen könnte, oder dass wir mit dem Flop des Jahrhunderts konfrontiert würden.

Ende Februar hatte ich bei einer Fachmesse in Mailand unsere Agentur mit allem ‚Pipapo' präsentiert; samt Hochglanzbrochüre mit allen Kontaktdaten in Hamburg und Sankt Petersburg.

Etwa einen Monat später erhielt ich eine Anfrage -auf Italienischfür die Organisation einer Jahreshauptversammlung für mehr als 1000 Personen in Sankt Petersburg. Die Anfrage kam von einer Agentur aus Norditalien, und der Kunde war ein wichtiger Bankverein aus der Lombardei. Anstoß zu der Anfrage war ganz sicher unser Auftritt auf der Messe in Mailand.

Ich habe beschlossen einige Stunden zu warten und dann Natascha anzurufen. Dazu kam ich nicht, denn nach ca. einer Stunde war sie es, die mich anrief. Sie war ganz aufgeregt -das merkte ich- aber auch irgendwie vorsichtig. Sie erzählte von einem Anruf aus Italien, von einem gewissen Vassilio der sehr gut Russisch sprach. Vassilio sagte, dass er für eine Agentur aus der Lombardei als Berater tätig sei. Die Agentur ist von einem Kunden beauftragt worden eine große Tagung in Sankt Petersburg im Oktober dieses Jahres zu organisieren.

Wir waren beide einerseits sehr froh über die Anfrage, andererseits etwas skeptisch. Ich fand das ganze etwas unprofessionell und Natascha hatte Bedenken wegen des Auftretens von Vassilio. Er hatte gesagt, dass er schon einige Kontakte aktiviert hätte. Kontakte, die er durch seine Tätigkeit im kulturellen Bereich gewonnen hatte. Er sei persönlich mit dem stellvertretenden Direktor von einem Museum in Pushkin befreundet und unterhalte diverse Kontakte mit Stavropol-na-Volge (heute Togliatti) wo er geboren sei.

Es war besser, beschlossen wir, dass Gespräch zu beenden und jeder für sich zu überlegen, wie man dachte vorzugehen, danach nochmal zu telefonieren und den Kurs entscheiden. Am nächsten Morgen telefonierten wir wieder und waren uns einig, dass ich zunächst anrufen würde. Damit konnte ich testen inwieweit das Projekt ernst war und ob schon andere Wege beschritten wurden. Ich rief also an und verlangte nach dem Direktor. Sagte auch worum es mir ging. Nach einer langen Pause meldete sich ein gewisser Pierfranco, der mir ganz aufgeregt erzählte, dass er sehr froh war, dass ich mich so schnell gemeldet hatte. Ich musste mich erstmal an diesen Pierfranco gewöhnen. Er war immer sehr aufgeregt und hörte sich so an als ob alles um ihn herum am Zusammenbrechen sei. Dabei war alles noch sehr entspannt, so meine Meinung. Der Kunde hatte den starken Wunsch diese Veranstaltung in Sankt Petersburg abzuhalten, wir hatten die Voraussetzungen -Kapazitäten, Know-How und Beziehungen- und mit dem Geld würden wir uns schon einig werden.

Um ehrlich zu sein, waren Natasha und ich noch nicht so sicher, ob so ein ‚Ding' Wirklichkeit werden konnte. OK, wir waren schon gut im Markt und die Destination richtig ‚IN' geworden für solche Veranstaltungen, aber ich war immer noch skeptisch, dass so ein wichtiger Bankverein mit Sitz in Mailand die Organisation in die Hände einer Reiseagentur aus der Provinz legt und nicht einer Kommunikationsagentur aus der Metropole anvertraut, wie es naheliegen würde. Ich sollte Lügen gestraft werden, weil das Projekt zunehmend Formen annahm. Die beiden Büros arbeiteten wunderbar zusammen auch Dank Katja und Federica. Die erste unsere zuständige Sachbearbeiterin und die zweite Ihr Pendent auf der Italienischen Seite, hatten sich sofort verstanden und arbeiteten mit Freude Hand in Hand. Auch die Sorge, dass Vassilio uns irgendwie in die Karten spucken würde, erwies sich als unbegründet. Im Gegenteil, er war richtig froh, dass er praktisch mit dem Ganzen nichts zu tun hatte und zwei vom Kunden bezahlte

Reisen nach Sankt Petersburg genießen konnte. Bei der Vorbereitungsreise verschwand er bereits am Flughafen um seine Freunde in Zarskoje Selo zu besuchen, und während der Veranstaltung besuchte er fleißig alle touristischen Programmpunkte. In Begleitung einer sehr jungen Dame.

Da ich, aus terminlichen Gründen, bei der Vorbereitungsreise in Sankt Petersburg nicht anwesend sein konnte, beschloss ich im Sommer die Agentur in Italien zu besuchen. Ich lernte Federica kennen, die meinen positiven Eindruck über ihre Professionalität noch verstärkte, sowie den hektischen Pierfranco, der ,leider' nicht viel Zeit für mich hatte. Er stellte mir eine neue Kollegin vor, eine gewisse Patrizia, ohne mir aber zu erklären ob sie bei unserem Projekt eine Rolle spielen sollte oder nicht. Sie war auf jeden Fall hochschwanger. Ich lernte auch Dr. Calamatti, den Chef vom Ganzen kennen, den alle nur ,Il Dottore' nannten. Il Dottore war groß, mächtig und sehr auffallend in seiner Erscheinung. Sagen wir ein Bud Spencer ohne Bart. Die Besprechung in seinem Büro, in Anwesenheit von Pierfranco, wurde sehr knapp gehalten. Details des Projektes wurden nicht besprochen, denn nach seinen Kenntnissen verlaufe alles bestens. Ich schaffte es trotzdem ein Detail anzusprechen, das mir sehr am Herzen lag, obwohl nicht Teil unseres Verantwortungsgebiets, und zwar den Part der Fluganreise. Bis dato wusste ich nur, dass die ca. 1100 Personen mit drei oder vier Sonderflügen kommen würden, darunter einem Jumbo der Corsair mit 520 Plätzen. Es war geplant, dass die Flüge am frühen Nachmittag kommen würden. Meine Versuche zu argumentieren, dass es nicht so leicht sei in diesem Zeitraum ca. 1000 Personen abzufertigen, zusätzlich zu den normalen Flügen, wurden von ,Il Dottore' mit einem: „Unser Brocker hat alles im Griff, und überhaupt, jetzt ist Mittag und ich will Sie ins beste Restaurant der Stadt einladen. Der Stolz unserer ganzen Region". Bevor wir das Büro verließen schaffte es Pierfranco noch mich zur Seite zu nehmen, um sich zu vergewissern, dass ich die 8.000 USD

Schmiergeld für den Vereinssekretär in die Kalkulation inkludiert hatte.

Ja, die Küche der Emilia Romagna: Mortadella, Tortellini, kräftige Sauce usw. Mit Hilfe von Probierportionen und dem Verständnis des Patrons, schaffte ich eine Meng Köstlichkeiten zu genießen ohne meine Rückfahrt zum Flughafen Mailand zu gefährden.

Die Sache mit der Fluganreise gab mir keine Ruhe. Ja, es war nicht unsere Verantwortung, aber Unregelmäßigkeiten bei der Ankunft hätten zwangsläufig Schwierigkeiten bei der Durchführung des Programms bedeutet. Gut, Pierfranco hatte uns die Kopie einer Mitteilung des Brokers an die Flugbehörde in Moskau geschickt, aber diese war nur eine Anfrage und es war auch nicht sicher, dass diese von der Behörde überhaupt wahrgenommen wurde. Natasha hatte auch schon mit dem Direktor des Flughafen Sankt Petersburg gesprochen, aber der wusste von nichts und überhaupt, 1000 Passagiere an einem Frühnachmittag? Nicht daran zu denken. Aber klar, eine Absage kann man nur anhand einer konkreten Anfrage erteilen (gutbewertete Beamtenlogik). Die Frage ob wir direkt mit ihm in Sankt Petersburg verhandeln könnten, wurde auch strikt abgelehnt. Das war mir auch schon lange klar.

Zurück im Büro am nächsten Tag, ging ich als erstes den ganzen Vertrag durch, um sicher zu sein, dass wir die Verantwortungen bezüglich Kosten wegen evtl. Flug-Unregelmäßigkeiten gut festgelegt hatten. Es war so, und ich war beruhigt.

Eine Sache hatte mich die ganze Zeit gewundert und zwar der Punkt mit dem Essen der Gruppe. Ich hatte erwartet, dass hier mehr Schwierigkeiten aufkommen würden, wenn man die ‚Sensibilität' der Italiener im Punkto ‚Mangiare' kennt. Aber Natasha hatte erzählt, dass die Besprechungen mit den Restaurants und dem Hotel sehr gut verlaufen waren. Im Hotel hatte der Chef die Gäste beeindruckt, ja gar gerührt als er aufgestanden war, seine rechte Hand auf das Herz gelegt und gesagt hat: „Es ist mir eine große Ehre so viele Italiener verkösten zu dürfen. Seien Sie versichert, dass unser russiches Essen für Sie ein Erlebnis sein wird".

Die Zeit bis zur Veranstaltung Anfang Oktober verlief ohne Überraschungen. Ich flog am Wochenende vor der Ankunft nach Sankt Petersburg, die am Donnerstag geplant war. Am Dienstag erhielt ich auf meinem Handy einen Anruf von Pierfranco, der anundfürsich am Mittwoch hätte ankommen sollen. Der Anruf galt aber nicht seine Ankunft, sondern die gesamte Veranstaltung und er brachte katastrophalen Nachrichten: Der Broker hatte die endgültigen Flugzeiten mitgeteilt, und die waren ganz und gar nicht gut! Statt der angedachten Ankunftszeiten in Sankt Petersburg am frühen Nachmittag, mussten die vier Flüge zwischen 11.00 und 12.30 landen. Das bedeutete, wenn man den Zeitunterschied von zwei Stunden, die Flugzeit von ebenfalls ca. zwei Stunden, die Abfertigung von Minimum einer Stunde und die unterschiedlichen Anfahrtszeiten berücksichtigt, dass einige Reisende, die in entlegenen Gebiete der Lombardei wohnten, mitten in der Nacht aufstehen mussten. *„Siamo alla disperazione, il Presidente vuole cancellare tutto"* sagte Pierfranco. Will heißen: ,wir sind verzweifelt! Der Vereinspräsident will alles stornieren'. Wenn ich nicht etwas geschockt gewesen wäre, hätte ich schon gerne dem Pierfranco di Leviten gelesen. Von wegen ,unser Broker hat alles unter Kontrolle'. Natasha reagierte wesentlich cooler: „Die Leute wollen nach Sankt Petersburg kommen, und die werden kommen. Die paar Stunden ….". Pierfranco flehte uns an, nochmal mit dem Flughanfendirektor zu sprechen. Ich stellte mir ihn vor, wie er in seinem Büro auf dem Boden kniete, mit verschränkten Händen und nach oben blickend mich anflehte. Natasha rief den Direktor an, und er hat uns tatsächlich empfangen, um die Angelegenheit zu besprechen. Er war so eine Art Antony Perkins, wirkte sehr verschlossen und etwas wirr, aber höflich. Also jemand der seine Macht in kleinen Portionen punktuell ausspielt. Er hörte geduldig zu und dann sagte er, dass er die Ernsthaftigkeit der Lage verstehe, aber er hat fünf Jahre Festigkeitslehre studiert und gelernt, dass das einzige Element, das nicht dehnbar ist, die Zeit sei. „Und Flughafengebäude" fügte er noch auf English (Terminal) schmunzelnd hinzu. Wir verstanden es und Natasha sagte ihm, dass wir sehr froh wären, dass er sich persönlich der Sache annimmt und dass unsere Kunden es auch sehr zu schätzen wüssten.

Zurück im Büro telefonierte ich mit Pierfranco. Er hatte sich mittlerweile etwas beruhigt und Federica hatte schon die Fahrpläne der Anreise zum Flughafen Mailand neu organisiert. Die momentane Sorge von Pierfranco war die Aussage vom Präsident des Bankvereins, nicht mehr mitfliegen zu wollen, aus ‚Rache' für die etwas unbequemeren neuen Flugzeiten. Das letzte Wort war aber noch nicht gesprochen.

Am nächsten Morgen -Mittwoch- fuhren Natasha und ich zum Hotel Pribaltijskaya, wo das Ganze stattfinden sollte. Ich bezog mein Zimmer und Natasha die große Präsidentensuite, wo sie mit den anderen engsten Mitarbeitern wohnte. Um 10:00 Uhr fand das Treffen mit allen Abteilungsleitern des Hotels, die im russischen Hoteljargon ‚Chefs de Brigade' hießen. Alles wurde besprochen und der Ablauf der gesamten Veranstaltung kontrolliert. Am Ende der Besprechung nahm mich einer der Brigaden Chefs zur Seite, es war Valentin der Sicherheitschef. Er sprach perfekt Deutsch und roch streng nach Alkohol, und er sagte auch, dass wir kurz etwas zusammen trinken sollten und lotste mich in eine der Hotelbars. Ich lehnte sein Lieblingsgetränk, einen Brandy ab, aber ich musste ein Glas Vodka zum Anstoßen auf das gute Gelingen der Veranstaltung trinken. „Du brauchst dir keine Sorgen zu machen Paolo, wir haben viele große Kongresse hier gehabt und alles ist immer gut gelaufen. Und sicher, sehr sicher" er machte eine lange Pause und fuhr dann fort „Ich habe 10 Jahre in Deutschland gearbeitet, bis 1988. Ich war stationiert in Berlin aber im Einsatz im ganzen Land. Die interessanteste Aufgabe war immer die Leipziger Messe. Du kennst sicher das ganz große Hotel am Bahnhof, den Namen habe ich vergessen und jetzt hat amerikanischer Name. Über der letzten Etage mit Zimmern gab es noch eine Geheimetage, nur ein großer Raum mit vielen Tischen, Monitoren und Hörgabeln. Alle Zimmer wo West-Männer wohnten waren kontrolliert. Am schönsten waren immer die Szenen wo die Frauen von der Bar mit den Männern aufs Zimmer kamen" er lachte sehr laut und klopfte mir auf die Schulter. Wir waren Freunde geworden.

Am Nachmittag, mit der Ankunft von Pierfranco, Patrizia, Federica und weiteren Helfern bekamen wir auch di Nachricht, dass der Präsident doch kommen werde, dafür hat ,Il Dottore' einen leichten Schwächeanfall erlitten und werde auf keinen Fall dabei sein, was alle, insbesondere ich sehr bedauerten.

Ich hatte keine, wirkliche operative Aufgaben. Ich lief im Hotel herum, mit einem großen Regieplan (meine Erfindung) unter dem Arm und grüßte alle die mir entgegenkamen. Wenn etwas sehr Ernstes passiert wäre, hätten sie mich sofort kontaktiert. Das Taten sie auch am nächsten Morgen, sehr früh, um mir mitzuteilen, dass Patrizia die Schwangere mit unklarer Funktion, ins Krankenhaus gebracht wurde. Sie erlitt dort eine Fehlgeburt. Gut, dass der Mann unserer Katja, von Beruf Arzt, in einem bekannten Krankenhaus der Stadt arbeitete und so ermöglichen konnte, dass sie besonders gut versorgt wurde. Das kostete uns eine Spende von 300 USD, die ich sofort in meinem Regieplan als Sonderausgabe für den Bankverein notierte.

Die Spannung stieg von Stunde zu Stunde bei allen Beteiligten bis zur Ankunft der verschiedenen Gruppen. Natasha war am Flughafen und ich lief hin und her im Hotel mit meinem Regieplan. Punkt 10.00 Uhr klopfte jemand auf meine Schulter. Es war Valentin der zum Dienst erschien. Er hatte sein Büro in einem Glaskasten mitten in der großen Lobby. Vor Dienstantritt hatte er die Gewohnheit den Tag in der Bar um die Ecke der Lobby mit einem Brandy zu beginnen, und ich sollte ihm -mit einem Glas Vodka-

Gesellschaft leisten. Das wurde zum Ritual für die nächsten drei Tage. Vielleicht deswegen löste sich bei mir allmählich die Spannung und ich fing an das Geschehen zu genießen. Ich beobachtete die Leute die ins Hotel strömten und, von den Hostessen geleitet, zu den verschiedenen Registrierungsschaltern gingen. Bei diesem Anblick spürte ich plötzlich einen Krampf im Magen, und es war nicht der Vodka. Es wurde mir klar, dass bei 1100 Personen praktisch die Hälfte Frauen mittleren Alters aus der italienischen Provinz waren. Das hieße praktisch alle diese 550 Frauen hatten einen Pelzmantel, entweder schon an oder im Koffer.

Es ging bei meinen Befürchtungen nicht darum, das etwas im Hotel wegkommen könnte, nein, da hatte ich das Wort von Valentin, aber wir hatten auch Programmpunkte außerhalb des Hotels. Ich zwang mich ruhig zu bleiben und nicht jetzt den Panik-Paolo zu spielen. Man konnte sich schlißlich nicht um alles kümmern, wie mein alter Hamburger Freund Bernd Janssen immer sagte. Tatsächlich hat es keine Vorfälle gegeben, wo Gäste in diesem Zusammenhang etwas zu beklagen hatten. In der ersten Nacht wurden insgesamt 11 Pelzmäntel in verschiedenen Lokalitäten des Hotels vergessen. Alle konnte am Morgen im Büro von Valentin abgeholt werden.

Der Höhepunkt des Programms war eine exklusive Ballett Aufführung im Musorgskij Theater, das für diesen Anlass von uns angemietet wurde. Das Theater befindet sich im historischen Zentrum, am Kunstplatz, ein Ort der viele Besucher anzieht, aber auch Taschendiebe und andere Menschen dieser Kategorie. Riskant war der kurze Weg (ca. 20 mt.) zwischen Busausstieg und Theatereingang. Die Aufführung war für den späten Nachmittag geplant. Zwei Stunden vorher fuhr Natascha zum Theater um letzte Vorbereitungen zu treffen. Ich blieb, wie immer, im Hotel mit meinem Regieplan. Kurz darauf rief Natascha an, und sie war sehr besorgt. „Paolo hier vor dem Theater wimmelt es von kleinen ‚Banditen'. Die Nachricht, dass eine große Gruppe Touristen kommt, hat sich wohl rumgesprochen" sagte sie, und klang ziemlich verzweifelt. Wir hatten wahrscheinlich die Gefahr unterschätzt. Das Personal des Theaters war -allein schon numerisch- nicht in der Lage den Weg gegen evtl. Übergriffen zu sichern und die ‚Security' vom benachbarten Hotel Europa konnte auch nicht so kurzfristig Hilfe organisieren. Dann hatte ich eine Eingebung: Valentin! Ich rannte förmlich zum Glaskasten in der Hoffnung, dass er noch da war. War er, aber kurz vor dem Feierabend (Schließlich war er schon seit mehr als fünf Stunden im Dienst). Ich erklärte ihm das Problem und sagte, dass wir unbedingt Hilfe benötigten. Valentin guckte mich mit einem ‚milden' Lächeln an, dann legte er seine linke Hand auf meine Schulter und die rechte auf sein Herz und sagte: „Ich habe Dir versprochen, dass Du keine Probleme haben wirst mit deiner Veranstaltung", drehte sich um und ging. Ich blieb zurück, etwas perplex, lange aus dem Fenster schauend. Ich wollte Natasha anrufen um ihr zu sagen, dass Valentin sich um die Angelegenheit kümmern wollte, aber ich war mir in Wahrheit nicht sicher was er tatsächlich tun würde. Plötzlich sah ich vier dunkelblaue Limousinen, die, vollgepackt mit Männern in Uniform, aus der Garage mit hoher Geschwindigkeit Richtung Stadtzentrum fuhren. Und dann sah ich hunderte Menschen die aus dem Hotel gingen und in die Busse stiegen. Es waren nicht nur 550 Pelzmäntel, sondern auch 550 goldbehängte Frauenhälse und 1100 Handgelenke. Alles lief wunderbar. Die Männer von Valentin bildeten, bei Ankunft und Abfahrt der Gäste, ein Spalier zwischen Bussen und Theatereingang, so dass ein evtl. Angriff der ‚Banditen' auf die Gäste unmöglich gemacht wurde. Auch das anschließende ‚Gala Dinner' im Hotel. Patrizia, die mit der Fehlgeburt, war ins Hotel zurückgekehrt. Es blieb praktisch nur noch der kommende Abreisetag zu überstehen, und der hatte es noch in sich.

Ein unbedingtes Muss im Programm war die Sonntagsmesse. Egal wo man sich befand. Speziell für diesen Anlass wurden gleich vier Priester auf die Reise gebracht. Einen Ort zu finden, gut für ca. 1000 Personen, war bisher kein Problem gewesen. In katholischen Ländern findet man immer einen Pfarrer, der gegen Bares seine Kirche am frühen Morgen zur Verfügung stellt. Russisch-Orthodoxe Popen sind hier schon anderer Meinung. Und so wurde der Plenarsaal des Hotels dafür ausgesucht. Der Hauptpriester, der wohl schon Erfahrung mit der Gruppe hatte meinte, dass die 600 Sitzplätze ausreichend sein würden. Die anderen können ja stehen und sowieso: Es werden nicht alle um 7 Uhr da sein. Er wird den Präsidiumtisch auf der Bühne nutzen und brauche nur noch eine kleine Karaffe mit Wein, ein Glas und eine Kerze.

Alles ziemlich einfach. Blieb für uns nur zu entscheiden, wer von uns um 6.30 Uhr Vorort sein sollte um sicher zu sein das alles klappt. Mit der Begründung, dass keiner von den Mitwirkenden katholisch war, fiel die Wahl einstimmig auf mich. Es war noch dunkel als ich zum Konferenzzentrum kam; Drinnen und draußen, aber ich hörte, dass sich jemand hinter der Bühne bewegte und sah auch, dass ein junger Mann etwas auf den Tisch stellte. Ich wollte diese positive Entwicklung nicht stören und ging kurz nach draußen, eine Zigarette rauchen. Es war kalt und diesig, wie immer im Oktober am Finnischen Meerbusen. Als ich zurück in den Plenarsaal kam war (fast) alles fertig: Eine große Karaffe Rotwein mit 12 Gläsern auf dem Altar, aber keine Kerze, und es war fünf vor sieben! Ich schnappte mir den jungen Mann und konnte ihm klar machen was da noch fehlte. Er verschwand und kam kurz darauf zurück mit einem kleinen Ständer und zwei Kerzenstummeln. Einer in rosa und einer in schwarz. Wir entschieden uns für den rosafarbenen. Und elf Gläser wurden auch entfernt.

Es war fast vollbracht. Die ersten Busse fuhren ab zum Flughafen und hinterließen eine gewisse Leere. Eine Art Melancholie überfiel mich. Und Valentin war nicht da um mich zu trösten. Das Di-

rektorium -ca. 30 Personen- hatte am Vortag noch eine Sonderbe-
handlung verlangt: Auf dem Weg zum Flughafen sollte noch ein
‚Spuntino' (Imbiss) organisiert werden, was Natasha selbstver-
ständlich tat. Irgendwann rief die Betreuerin dieser Gruppe an,
dass sie sich in der Stadt verspätet hatten und der Präsident hatte
beschlossen auf den Spuntino zu Verzichten. Halb so wild dachte
ich, aber Natalja, die Pragmatikerin fragte: „Und was ist mit dem
Imbiss? Ist bestimmt alles fertig auf dem Tisch im Restaurant".
Kurzerhand wurde der leere Bus, der sich auf dem Rückweg vom
Flughafen befand, zum Restaurant umgeleitet. Alles wurde ein-
gepackt und zum Hotel gebracht, inkl. Getränke (bezahlt ist bezahlt). In der ‚Mitarbeiter Suite' wurde das alles als Büffet aufge-
stellt. Jeder bediente sich, und der Rest wurde wiederum einge-
packt für zuhause. Inmitten dieser fröhlichen Abschiedsparty rief
mich Patrizia an, was mich sehr verwunderte. „Paolo, ich will
dich nur informieren, dass wir noch im Flughafen sind. Der Corsair Jumbo hatte ein Problem in San Francisco. Er ist jetzt auf dem
Weg, aber wir werden vier Stunden Verspätung haben. Im Flughafen gibt es nichts mehr zu essen". Ich sagte nur „Es tut mir sehr
leid Patrizia" und nahm noch einen Schluck Russkje Sham-
paskoe".

## Bar Tribunal

Eine der häufigsten Fragen, die ich mir während meiner Aufenthalte in Sankt Petersburg stellte war: ‚was machst du heute Abend'. So häufig auch wieder nicht, denn viele Abende wurden von Natascha belegt. Mal um ein neues Lokal zu testen, das evtl. für unsere Veranstaltungen geeignet wäre. Mal weil ein Geschäftspartner uns eingeladen hatte, oder auch weil sie der Meinung war, dass ich unbedingt Freunde und Bekannten von ihr kennenlernen musste. Ich musste also kämpfen um einen oder zwei freie Abende pro Aufenthalt herauszuschinden. Ich wollte einfach allein sein um meinen Gedanken freien Lauf zu geben oder einfach bei Speis und Trank meine Umgebung betrachten zu können. Das waren die Abende wo ich mir diese Frage stellte.

In den ersten Jahren war die Antwort relativ leicht, denn die Auswahl an Möglichkeiten war gering. Ja die Tschajka, die war noch passabel, aber mit der Zeit langweilig geworden und das Sadko im Hotel Europa, abgesehen davon, dass es sehr teuer war, wurde von heute auf morgen, wer weiß von wem, zur ‚no-go-area' deklariert. D.h. es war einfach leer. Einige andere, wie das Marstall waren mir zu laut und die Nevskij Melody zu weit weg.

Ein Segen, dass die Bar Tribunal, direkt am Senatsplatz, aufmachte. Eine gelungene Kombination aus Bar, Restaurant und Nachtclub. Es gab eine gute Auswahl an kleinen oder aufwendigeren Speisen, gute Musik und ab und an auch eine Tanzshow. Angenehm war auch, dass das Publikum sehr gemischt war. Viele Russen jedem Alter, da sich auch die Preise im Normalbereich bewegten.

Klar, trotz einem gewissen Anteil an ‚normalem' Publikum, gab es viele junge russische Frauen, sowie ausländische Männer jeden Alters, die irgendwie, insgeheim und doch offensichtlich den Wunsch hatten zueinander zu kommen.

Nach dem zweiten oder dritten Besuch hatte ich den Ruf weg ein guter Gesprächspartner zu sein, der auch mal einen Drink spendiert, aber zu weiteren, geschäftlichen Beziehungen nicht bereit ist. Da ich mehrere Fremdsprachen spreche, war ich als Zeitvertreib -Drink & Chat- sehr begehrt, denn bis auf die ganz wenige, di nur Russisch konnten, alle andere Frauen kannten zumindest eine Fremdsprache.

Es war nicht immer Englisch, Deutsch oder Französisch, sondern z.B. auch Italienisch oder Spanisch. Wie z.B. Ludmilla die 2 Jahre in Perugia an der ‚Università degli Stranieri‘ studiert hatte. Oder Tamara, die irgendeinem ‚verliebten‘ Pedro nach Barcelona gefolgt war und dort, in der Küche eines Schnellrestaurants, sehr schlechtes Spanisch gelernt hatte. Und auch Irina, die mit einem Marokkaner zusammen 2400 Paar Jeans von Paris nach Irkutsk mit Aeroflot ‚importierte‘ und dort in wenigen Tagen auf dem Großmarkt verkaufen konnte. Der Marokkaner flog mit dem Geld zurück nach Paris. Sie bekam kein Visum und musste in Russland bleiben.

*In der Bar Tribunal kam mehr internationale Lebenserfahrung zusammen als in den ganzen Hamburger Elbvororten.*

Eine Zeit lang wusste ich, dass ich allein mit meinem Erscheinen jemanden glücklich machte: Evgeny, einer der Barkeeper. Er war ein Fußball-Narr und ich konnte mit seinen profunden Kenntnissen der internationalen Fußball-Welt nur schwer mithalten. Er kannte z.B. immer die aktuellste Mannschaftaufstellung von Sampdoria Genua, samt Ersatzspielern, Verletzten und Gesperrten, weil ein Anatolj So-wie-noch aus Rostov Na Don dort spielte. Da er wusste, daß ich aus Genua komme, war es ihm eine besondere Freude mich mit diesen Informationen zu versorgen. Obwohl er wusste, daß ich Inter Mailand Fan bin. An einem Abend sah Evgeny sehr traurig aus, so als hätte Sampdoria den russischen Spieler zurück nach Moskau geschickt. Alles war viel schlimmer: Anatolj hatte zum Ortsrivalen FC Genoa gewechselt.

Nun musste Evgeny alle Name des Kaders dieser Mannschaft lernen, die ganze Sampdoria-Deko loswerden und neue Devotionalien in Rot-Blau anschaffen. Er hat es überstanden und war vier Monate später wieder der Alte, voll motiviert und sicher, dass FC Genoa nicht absteigen würde.

Ich habe versucht dahinter zu kommen, wie die Anwesenheit der Frauen in der Bar organisiert war. Ob es irgendwelche Regeln zu respektieren gab, und ob Männer oder gar Banden dahinterstanden. Lena half mir dabei die wichtigsten Antworten zu finden.

Lena war ca. Mitte zwanzig, ziemlich klein, hübsch und etwas kiebig. Im Gegensatz zu den meisten anderen Frauen war sie sehr regelmäßig in der Bar Tribunal. Wir kamen einmal ins Gespräch und seitdem hat sie gerne viel Zeit mit mir zu klönen verbracht. Der Grund: ich war Italiener. Lena konnte kein Italienisch aber ziemlich gut Englisch und hatte, wie sie ihn nannte, einen italienischen ‚Fiancé'. Sie hatte den jungen Mann aus Mailand vor zwei Jahren in einer Diskothek in Sankt Petersburg kennengelernt. Er war Student und wohl Spross einer wohlhabenden Familie, denn er hat sie einige Male nach Mailand eingeladen und mit ihr Urlaube am Gardasee, an der Adria und im Wintersport verbracht, aber der Familie habe er sie nie vorgestellt. Lena war sehr sauer auf ihn, aber sie hatte ihn noch nicht abgeschrieben und wollte auch von mir einen Tipp haben, wie sie ihn zu einem gemeinsamen Leben, ohne Versteckspiele, überreden könnte. Ich sagte ihr nur: „Du muß seine Mutter umbringen". Das fand sie nicht so witzig und sprach daraufhin nicht mehr über ihn mit mir. Lena war geschieden, hatte einen kleinen Sohn, der von ihrer Mutter betreut wurde, wenn sie unterwegs war.

Lena war gerade dabei das Geld, was sie verdiente, fleißig zu sparen. Für einen Nissan! Welchen konnte sie mir nicht beschreiben. Sie schien ziemlich gut zu verdienen, auch wenn sie kaum Männer ansprach und viel Zeit mit klönen -mit mir oder mit anderen jungen Frauen- verbrachte. Sie erzählte mir dann, dass sie einer

Art Koordinatorin für eine Gruppe von Kolleginnen spielte, z.B. um zu vermeiden, dass die Frauen alle an den gleichen Abenden kamen, oder dafür zu sorgen, dass sie sich verstärkt von den Männern zum Trinken einladen ließen. Dafür bekam sie vom Chef der Bar einen bestimmten Betrag. Sie erzählte mir auch, dass es keine ‚Gebühren' gab für Frauen, die mit Männern das Lokal verließen. Zuhälter, wenn die Frauen welche hatten, wurden nicht ins Lokal gelassen. Da hatte die ‚Security' den sicheren Blick.

Es ist auch Lena gewesen, die mir die schillerndste Persönlichkeit der Bar vorstellte. Ich werde sie die Reiterin nennen, da ich ihren Namen vergessen habe.

Die Reiterin kam aus Litauen, bzw. wurde dort als erstes Kind einer Russin und einem Litauer geboren, der sich nach der Geburt des zweiten Kindes, einem taubstummen Junge, vom Acker gemacht hatte. Als das Land sich von Russland losmachte, war die russischstämmige Bevölkerung nicht unbedingt gerne gesehen und so machte sich die Familie auf den Weg nach Sankt Petersburg. Teils mit Zug (Mutter, Sohn und Gepäck) und Teils (Reiterin und Kleingepäck) mit einem Porsche 944.

Die Reiterin war ca. 30 Jahre alt, Groß, gutaussehend, geschmackvoll aber etwas schräg angezogen. Und sie war eine sehr angenehme Gesprächspartnerin. Mir fiel auf, dass sie, wenn sie sich bewegte, ein wenig hinkte. Sie hatte Ihr Studium der Philosophie an der Uni Vilnius aufgegeben und sich ganz ihrer Passion, dem Reiten, gewidmet. War als Bereiterin in einem wichtigen Gestüt tätig gewesen. Im Rahmen dieser Tätigkeit hatte sie auch einen mehrwöchigen Aufenthalt in Italien verbracht, erzählte mir aber kaum etwas darüber. Vielmehr über das Unglück, dass ihr nach ihrer Rückkehr aus Italien passierte: Sie fiel vom Pferd und erlitt einen Oberschenkelbruch, der nicht richtig heilte. Daher das leichte Hinken. Sie konnte somit nicht mehr reiten. Dann kam auch bald die ‚Neue Zeit' -weg aus dem unfreundlichen Litauen, hin zur neuen Heimat Russland-

Und nun war sie hier, in der Bar Tribunal auf der Jagd nach Dollar und mit Sehnsüchten. Mit einer Mutter, die ein paar Rubel als Museumswärterin im Jusupov Palast verdiente und einem taubstummen Bruder, der als Parkwächter vor der Bar sich den Arsch abfror. Relativ schnell, nach dem ersten Drink fragte sie mich wie ich gedenke den weiteren Verlauf des Abends und der Nacht zu verbringen. „In meinem Hotel, allein" antwortete ich. Sie war klug, denn sie merkte, dass es ernst von mir gemeint war. „Gut mein Freund" sagte sie „Dann trink noch ein Glas mit mir und dann fahre ich dich ins Hotel. Mit meinem Wagen, so wie ein Privat Taxi". Automatisch hatte ich das Bild von einem grünen Lada oder einem kleinen grauen Nissan vor mir und sah mich darin, chauffiert von einer eleganten Litauerin auf dem verschneiten Weg zum Corinthia Nevskij Palace Hotel. Gleichzeitig fragte ich „Du hast einen Wagen?" „Ja, einen Porsche" sagte sie. ‚Sie muss schon bevor sie hierhegekommen ist, getrunken haben, oder sie hat etwas anders genommen' dachte ich.

An dieser Stelle muss ich die Leserschaft über den Begriff ‚Privat Taxi' aufklären. Wenn man sich in Sankt Petersburg bewegen möchte, hat man zwei Möglichkeiten: A) mit Bus und Bahn, vorausgesetzt, man kann die Hinweise, Fahrpläne, Preistafeln und Schilder lesen (in Russisch) und verstehen (vom System her) und außerdem nicht unter Klaustrophobie, Massenpanik und Berührungsängsten leidet. B) Taxi und Privat Taxi, wenn man etwas Abenteuer mag und mehr Geld ausgeben kann und will. Normale Taxi sind wesentlich teurer, etwas sauberer und nicht unbedingt schneller. Privat Taxi sind definitiv amüsanter.

Privat Taxi Fahrer sind Menschen wie Du und Ich, nur sie sprechen wenig außer Russisch, sind dafür sehr freundlich und hilfsbereit. Sie haben schnell die Kunst des Handelns gelernt und daraus einen Sport gemacht. Sie fahren durch die Stadt und reagieren auf ausgestreckte Arme am Straßenrand. Wenn sie anhalten ist es unbedingt geboten sofort einzusteigen und dann den Preis aushandeln, denn Privat Taxi Fahrer sind launisch und wenn einem deine Nase nicht gefällt, lässt er dich einfach stehen. Aber, wenn man schon drinsitzt, schmeißen sie keinen raus. Dafür sind sie zu höflich. Es ist angemessen den verlangten Preis um die Hälfte zu reduzieren. Dann ist es OK und man kann sich auf eine unterhaltsame Fahrt freuen.

„450 Rubel bis zum Nevskij Palace" sagte die Reiterin sichtlich bemüht unter der magischen Grenze 500 zu bleiben. Ich lachte und zeigte ihr einen Vogel. „250 und keine Kopeke mehr" sagte ich. 250 Rubel waren in der Zeit ca. 8 Dollar. Normale Taxi verlangten 15 Dollar und ich war schon für 200 Rubel die Strecke mit Privat Taxi gefahren. Sie guckte mich an, streichelte meine Wange und sagte: „250 OK, only for you, aber wir trinken noch einen Vodka zusammen" „aber nur, wenn du über den Nevskij fährst und nicht den Moskovskaya Prospekt". Der Nevskij Prospekt war mehr frequentiert und deswegen weniger vereist. Und so verließen wir kurz darauf die Bar Tribunal.

Der Porsche -dunkelblau- stand nur wenige Meter entfernt und völlig frei von Schnee, obwohl es kräftig schneite. Werk vom Bruder, der schon gestikulierend uns entgegenkam. Sein Name sei Tomislav, sagte die Schwester. Diesen Namen kann man nicht vergessen; Tomislav. Er machte mir die Beifahrertür auf im Stile eines echten ‚Doorman'. Die Reiterin gab mir ein Zeichen. Klar der Tomislav hatte sich ein Trinkgeld verdient.

Im Inneren des Wagens die nächste Überraschung: Der Beifahrersitz war ein am Boden befestigter Plastikstuhl ohne Beine. Ich ließ mich darin fallen, bekreuzigte mich viermal russisch-orthodox und gab das Zeichen zum Starten. Die Reiterin fuhr gut und aufmerksam, aber konsequent mittig. Gut, dass es um diese Zeit, bei dem Wetter wenig Verkehr gab. Am Hotel küssten wir uns dreimal und sie fuhr hupend davon. Im Eingang begrüßte mich ein 'Security' den ich seit langem kannte. Ich sagte zu ihm ‚Gute Nacht Dimitri, ich freue mich sehr Sie wieder zu sehen'.

## Werner

Werner (Nachname weiß ich nicht) ist der erste Deutsche den ich in Sankt Petersburg getroffen habe. Er war Berliner (West oder Ost weiß ich auch nicht) er sprach aber Russisch, also wahrscheinlich Ost. Er hatte wohl keinen Job in Berlin und wollte in Sankt Petersburg reich werden.

„Rein zufällig" wurde er in Sankt Petersburg, im August, von meinem damaligen Partner aufgegabelt und zu unserem Treffen im November ‚mitgebracht'.

Werner hatte viele, sehr gezielte Geschäftspläne aber kaum Kapital. Er wohnte in einem Gehörlosenwohnheim in Sankt Petersburg aber er bewegte sich sicher in allen oberen Kreisen der dortigen Gesellschaft: Hotel Europa, Tschajka, und in den meisten ‚Klöstern' und Institutionen die wichtig waren. Sein wichtigstes Steckenpferd war das Projekt mit den Gehörlosen. Das System war sehr einfach und versprach gute Verdienstmöglichkeiten. Sein Partner war dabei Igor, ein Elektro-Ingenieur aus der Armee, der jetzt im Institut unterrichtete. Er hatte wiederum auch Partner, die das ‚Rohmaterial' lieferten und den Ablauf im Ganzen ‚sicherten'.

Das Projekt bestand zunächst daraus alte Computeranlagen, die noch viel Edelmetall beinhalteten, mit Hilfe von Igor und anderen Mittelsmännern der sich im Auflösungszustand befindlichen Sovjet Armee abzukaufen (gegen sehr wenige Rubel, versteht sich). Die Anlagen sollten dann im Gehörloseninstitut im Stadtteil Deviatkino von den Bewohnern auseinandergenommen werden. Die kleineren Teile mit dem Edelmetall sollten zu einer Firma in der Schweiz verschickt werden, die dann daraus das reine Edelmetall gewinnen sollte. Mit der Firma in der Schweiz wurde ein Preis pro Kilo festgelegt. Der Transport in die Schweiz wurde einer Firma aus Riga anvertraut, die einem gewissen Dima Goldstein gehörte. Ein Freund von Alexander, dem Heimleiter. Alles lief wunderbar an, sagte mir mein Partner, der auch aus anderen

Gründen öfter in Sankt Petersburg war und einen engen Kontakt zu Werner hatte. Dann hörte ich von ihm lange keine Nachrichten über Werner. Nur, dass sein Sohn auf dem Nevskij Prospekt überfahren wurde und starb. Das war sehr traurig. Ob das Geschäft mit den Computern noch Bestand hatte und wenn ja erfolgreich, habe ich nicht erfahren und auch nicht danach gefragt. Es interessierte mich herzlich wenig.

Irgendwann, es waren fast 2 Jahre vergangen, sagte mein Partner, dass Werner doch große Probleme bekommen hatte. Auf dem Weg in die Schweiz wurden die Paletten mit den Computerteilen immer ‚leichter' und die Firma in der Schweiz immer ungehaltener. Das bedeutete, dass die Summen, die in die Kasse von Werner, Igor und Konsorten flossen immer kleiner wurden. Pech für Werner, dass diese Partner kaum Skrupel kannten. Kurz danach brach der Kontakt zwischen meinem Partner und Werner ab, auch weil die Petersburger Freundin meines Partners entschieden hatte einen schwedischen Koch zu heiraten und nach Stockholm mit ihm umzusiedeln.

Einmal, während eines meiner Aufenthalte in Sankt Petersburg kam Vadim ins Büro, begleitet von einem Mann den keiner von uns kannte. Vadim erzählte, dass der Mann aus Archangelsk -am Weißen Meer- komme und dass er mit ihm am Kiosk der Metro von Deviatkino ins Gespräch gekommen war. Er hatte einen Mann namens Igor im Institut für Gehörlose gesucht und nicht gefunden. Er sei ausgeschieden, wurde ihm gesagt. Er habe dann mit seinem Auftraggeber in Arkhangelsk telefoniert und man habe ihm gesagt, dass er einen deutschen Mann suchen soll, der in Sankt Petersburg ein Büro hat. Vielleicht könnte er ihn in der Bar Tschajka finden, aber er wollte nicht hin.

Dann kam Vadim auf die Idee, dass ich evtl. dieser deutsche Mann hätte sein können. Während Vadim erzählte, nickte der Mann der Alekseij hieß ständig zu.

„Ya net nemetsiy! Ya italyanskiy" = ich nicht Deutsch, ich Italiener, sagte ich. „Italyanskiy khoroshye lyudi" antwortete Aleksej. Ja, ich kannte das. Ein italienischer Film der 60er Jahre, der während des zweiten Weltkrieges in Russland spielt. Der Film wurde auch in der Sovjetunion gezeigt und die Russen überzeugt, dass die Italiener gute Menschen sind, weil sie im Film so gut wegkommen, nicht so schlecht wie die bösen Deutschen.

Irgendwann fragte di pragmatische Natascha, was nun er von dem deutschen Mann wolle.

„Nun", sagte Aleksej, „In Archangelsk gibt es einen anderen deutschen Mann, der Hilfe braucht, d.h. Geld, sonst kommt er von da nicht weg. In Grunde genommen wird er dort von seinen ehemaligen Geschäftspartnern festgehalten. Die haben mich hierher geschickt mit dem Auftrag den Deutschen zu suchen. Nun stehe ich hier und kann nicht mal zurück, weil ich kein Geld mehr habe". Ich fing an zu befürchten, dass dieser Aleksei Mist bauen könnte. Für ein paar Dollar war er sicher in der Lage wer weiß welche Story zu erfinden. Inzwischen hatte er von Tatjana Kaffee bekommen und von Vadim Vodka (er hatte immer einen großen Flachmann bei sich) und fühlte sich sichtlich ganz wohl. Er wusste nicht mal wie der Deutsche in Archangelsk hieß. Er wusste nur, dass er dem Bürgermeister versprochen hatte die Müllbeseitigung der Stadt so umzustrukturieren, dass man damit Geld verdienen konnte, aber das hatte auch nicht geklappt. Und so war auch der Bürgermeister sauer auf ihn.

Ich bat Natascha ihm zu sagen, dass wir sehr froh waren, dass er dem Mann helfen wolle, aber wir kannten diesen Mann nicht und konnten somit nicht helfen. Wollten aber auch nicht, dass er nicht zurück zu seiner Familie fahren kann. Aleksander -der, wie so oft, in einer Ecke des Büros saß und auf Aufträge wartete- sollte ihn zum Bahnhof fahren und ihm eine Fahrkarte kaufen. Klar, das zahlte die Firma. Aleksej bedankte sich und nahm noch einen Schluck aus dem Flachmann. Vadim sagte, dass er mitfahren würde um ihm zu helfen den richtigen Zug zu finden und die Fahrkarte zu kaufen. Anschließend würde Aleksander ihn sicherlich nach Hause fahren. Alles auf eine Rechnung. Na denn, dachte ich, aber behielt es für mich.

In Grunde war ich froh, dass Vadim weg war, so konnte ich mit Natascha diesen Fall besprechen. Ich sagte ihr, dass der Mann am weißen Meer sicherlich Werner war und seine Partner wollten Geld von Ihm. Geld was er nicht hatte, so suchten sie in seiner Umgebung. Dieses könnte unangenehme Situationen für uns bereiten. Ich wollte auf keinen Fall unseren Partner in Hamburg miteinbeziehen. Er war, was Werner angeht, unberechenbar. Ich hatte das Gefühl, dass er die Situation nicht richtig einschätzen und womöglich sich in einer Rettungsaktion stürzen würde, die böse Konsequenzen haben könnte. Mit der organisierten Kriminalität scherzt man nicht. Egal welcher Nationalität.

„Ich möchte Dich bitten Sergej anzurufen" sagte ich zu Natasha" Wir sollten uns heute Abend treffen, am besten bei ‚Pelmeni-Pawel". Ich wusste, dass beide nicht nein sagen würden. Pelmeni-Pawel war ein Name, den ich dem kleinen Restaurant gegeben hatte. In Wirklichkeit hieß es Papillon und sein Besitzer Anton, vielleicht. Er war ein Filou aber er konnte gut kochen -speziell Pelmeni- und er hatte eine gute Weinkarte, alles zu sehr ‚zivilen' Preisen. Natascha mochte das Restaurant, weil es die alte gute russische Gastfreundschaft darstellte und Sergej, weil man dort seinen Lieblingsbrandy ‚Akhmat' aus Armenien finden konnte. Sergei war momentan Inhaber einer privaten Fremdsprachenschule, sein Büro bestand aus einem Schreibtisch in einem Business Center an der 8. Krasnoarmeenskaya, im Bezirk Admiralteysky. Davor hatte er angeblich für eine Im- und Export Firma gearbeitet und er kannte die Leute, die in gewissen Situationen helfen konnten, ohne viel Tam Tam und ohne Gewalt. Er sprach perfekt Englisch. Deswegen habe ich gerne viel Zeit mit ihm verbracht auch weil er gerne trank und dabei viel redete. Ich habe viel über ihn erfahren aber Anderen sehr wenig davon erzählt.

Er kam pünktlich und gut gelaunt, wie immer, und nach den ‚Begrüßungsformalitäten' stahl ich schnell Natascha die Show und erzählte auf Englisch, mit knappen und präzisen Sätze, worum es bei unserem Problem ging, mit der Bitte an ihn, dafür zu sorgen, dass Werner und seine Feinde aus Archangelsk uns in Ruhe lassen. Er hatte gleich verstanden und sagte: „Kein Problem". Ich bestellte noch einen Brandy für ihn und einen Vodka für mich. Natascha hatte noch Bier und die Pelmeni waren sowieso automatisch bestellt. Natascha machte einen unzufriedenen Eindruck, ich dagegen war stolz auf mich, sie ausgestochen und damit das ganze Pathos aus der Geschichte herausgenommen zu haben. Ich konnte mich auf Sergej verlassen, denn er war mir auf ewig dankbar. Einmal, vor Jahren am Flughafen London -wir hatten eine Reisemesse besucht- habe ich ihn bis zu seinem Gate gebracht, als er sich, sturzbetrunken, vor der Sicherheitskontrolle auf dem Boden schlafen gelegt hatte.

Ich hoffte damit die ‚Akte' Werner für immer ‚ad acta' gelegt zu haben. Zurück in Hamburg erzählte ich meinem Partner nichts von den Ereignissen. Ich wollte ihn nicht beunruhigen, falls er nicht von Werners Lage schon wusste, und zweitens ihn nicht damit dazu verleiten etwas zur Rettung Werners zu unternehmen. Sicherlich mit Einbeziehung unserer Firma. Er war sowieso dabei sich ins Privatleben zurückzuziehen und ich wollte diesen, nicht leichten Prozess, nicht stören.

Fast ein Jahr später, er war längst aus der Firma ausgeschieden, rief er mich an und erzählte mir ganz aufgeregt, dass Werner sich gemeldet hätte. Er sei zurück in Deutschland und seit kurzem in Mecklenburg-Vorpommern wo er einen Recycling Hof, in Partnerschaft mit einigen Gemeinden, eröffnet hatte. ‚Schon wieder Müll' dachte ich! Die Eröffnung wollte er mit Freunden und Partnern bei einem Musical-Wochenende in Hamburg feiern. Meine

Agentur sollte das Ganze organisieren und buchen. Ich ahnte schon böses. Alles verlief nach Plan und die Gäste waren sehr zufrieden gewesen, und ich schickte die Rechnung an die vereinbarte Adresse. Es tat sich nichts. Monatelang, trotz Erinnerungen und Mahnungen, bis wir erfuhren, dass Werner in der Firma nicht mehr ‚vorhanden' war.

Um keine ‚übertriebene' Reaktionen bei mir auszulösen, die zwar selten aber doch hin und wieder vorkamen, zahlte mein ehemaliger Partner die Rechnung aus eigener Tasche.

## Kein Dreieckverhältnis! .....oder der gescheiterte Versuch ein solches zu bilden

Ungefähr zehn Jahren nach Beginn meines Engagements in Russland spürte ich das Verlangen beruflich etwas kürzer zu treten. Es war nicht so, dass ich die Lust an meinen beiden Agenturen in Hamburg und      Sankt Petersburg verloren hätte, nein ich wollte einfach etwas weniger arbeiten und etwas mehr Zeit fürs Private haben. Dieses bedeutete einige meiner bisherigen Aufgaben auf die Mitarbeiter zu übertragen. Das stelle sich relativ unproblematisch in Hamburg dar, aber umso komplizierter in Sankt Petersburg. Es war leider so gekommen, dass Natascha sehr gut mit Kunden im deutschsprachigem Raum zurechtkam, aber nicht so gut mit anderen Märkten, wenn die Kommunikationssprache Englisch war. Hauptsächlich wegen sprachliche Mängel. Eine der ersten Mitarbeiterinnen, Katja, hatte von Anfang an diese Rolle erfolgreich übernommen, verließ uns aber nach einigen Jahren, weil sie die Vertretung für Russland von einem internationalen Veranstalter übernommen hatte. Ihre Nachfolgerin Tatjana, die ebenso gut die Aufgabe erfüllte, bekam ziemlich überraschend eine ‚Green Card' für sich und ihre Familie und wanderte nach Los Angeles aus. Von da an musste ich mich etwas intensiver um diesen Markt, hauptsächlich England, Italien, Spanien und Skandinavien kümmern.

Ich fing an nach einer radikaleren Lösung zu suchen, und zwar nach einer Kooperation mit irgendeinem Mitbewerber, der mit uns, und vor allem mit Natascha harmonisieren würde. Der Zeitpunkt war günstig, weil auch in unserer Branche die sogenannten ‚Merger' salonfähig geworden waren und, aufgrund einer gewissen, sich abzeichnenden Stagnation, Kosteneinsparungen auch für uns sinnvoll gewesen wären. Eine ganz normale Situation nach den großen Erfolgen der vergangenen Jahre. Ich fing an öfter mit Natascha darüber zu sprechen, erntete aber mäßigen Zuspruch. Entweder blockte sie mit scheinheiligen Begründungen ab wie ‚Die ganze Prozedur würde zu lange dauern und zu kostspielig sein', oder sie unterbreitete absichtlich sinnlose Vorschläge wie z.B. das Zusammengehen mit der ‚one-man-agentur' von Sergei, die nur als Alibi für seine anderen Tätigkeiten fungierte, die eher im Bereich ‚Geheiminformationsdienst' lagen. Und so begann ich mich etwas intensiver über eine junge erfolgreiche Agentur zu informieren. Die Inhaberin, Kira, hatte mindestens zwei große Vorteile: Sie sprach perfekt Englisch und hatte sich sehr gut in den, auch für uns sehr wichtigen, englischsprachigen Märkten etabliert. Und, obwohl wir Konkurrenten waren, verstanden wir uns persönlich sehr gut. Sie und Natascha waren Freundinnen und ich habe mich oft mit ihr auch im Ausland bei Messen oder Veranstaltungen getroffen.

„Es wäre vielleicht mal keine schlechte Idee darüber nachzudenken, ob es nicht sinnvoll wäre unsere ‚Kräfte' mit denen von Kira zu vereinen" sagte ich einmal so nebenbei bei einem lockeren Gespräch im Frühjahr. Da aber von Natascha praktisch keine Reaktion, bzw. nur die lakonische Bemerkung: ‚Ich glaube nicht, dass Kira diesen Wunsch hat' kam, ließ ich Gras über das Thema wachsen. Umso verwunderter war ich, als Natascha irgendwann im Juli, als wir über meine bevorstehende August-Reise nach Sankt Petersburg sprachen, den Vorschlag machte, dass wir mal für einen Tag raus aus der Stadt fahren sollten, damit ich auch etwas von der Umgebung kennen lerne. „Du kommst schon seit vielen Jahren nach Sankt Petersburg und Du bist noch nie an unseren Stränden am Finnischen Meerbusen gewesen. Die Eltern von Kira besitzen eine Datscha in Primorks, kurz vor Viborg, so können wir uns mit ihr treffen. Es gibt dort schöne Strände mit Lokalen wo auch gegrillt wird".

Ich wusste im ersten Moment nicht was ich davon halten sollte, aber ich sagte zu und auch, dass ich mich darüber sehr freue. In den Wochen bis zur Reise habe ich oft an diesen bevorstehenden

Ausflug gedacht, und immer wieder kam die Frage ob es ein Zufall war oder ob dieser Vorschlag von Natascha irgendeinen Zusammenhang mit meinen Plänen einer möglichen Kooperation mit Kira hatte. Unabhängig davon versuchte ich mir vorzustellen wie der Tag ablaufen würde, mit der Sicherheit, dass aus den zwei Stunden Fahrt (pro Strecke) aus irgendeinem Grund locker drei werden würden. Ich sagte immer wieder zu mir: ‚Du wirst sehen, früher oder später fangen die beide an Russisch zu quatschen, wahrscheinlich über Schuhe oder unsympathische Zeitgenossen. Egal worüber wir zu dritt bis dahin gesprochen haben'. Aus diesem Grund hoffte ich insgeheim, dass Dima uns fahren würde. Konnte es aber mit Natascha vor der Reise nicht abschließend klären.

Dima war ein sehr sympathischer junger Mann, der ziemlich gut Englisch sprach -im Gegensatz zu den anderen Fahrern- und sich in vielen Dingen des Lebens auskannte. Er war u.a. ein großer Auto-Fan mit Schwerpunkt Formel 1. Also auch für mich ein willkommener Gesprächspartner. Er hatte gerade seinen VW Passat Kombi gegen eine Mercedes C-Klasse eingetauscht, als er verkündete, dass er bald nach Israel auswandern würde. Wir waren alle geschockt, aber er selber schien auch nicht besonders glücklich über diese Entscheidung zu sein. Das Ganze war auf Veras Mist gewachsen, seine Schwester, die auch die Eltern ‚gezwungen' hatte, ihre karge Rente in einem Wohngetto in Ost Jerusalem auszugeben, statt in der historischen Krasnoarmeenskaja IV, unweit vom Moskovskaja Prospekt gelegen, wo Freunde und andere Verwandte wohnten. Sie selbst zog vor in einem Kibbuz am See Genezareth Tomaten zu züchten. Dima verbrachte drei Monate zwischen Tel Aviv und Haifa auf der Suche nach Arbeit; Verachtet von den Israelis, weil er die Sprache nicht kannte und von den Arabern gehasst, weil er wie ein Russland Jude aussah. Er fasste schließlich die Entscheidung, mit dem was vom Verkauf des Mercedes übriggeblieben war (in Dollar), nach Sankt Petersburg zurückzukehren. Das Geld reichte gerade für eine wunderschöne gebrauchte schwarze Volga Limousine, die zwar keinen Stern auf der Kühlerhaube hatte, aber einen mordsmäßigen Eindruck machte.

Wie befürchtet konnte Dima leider nicht mit uns nach Primorks fahren, aber ‚Aleksandr freue sich schon auf die Fahrt' sagte mir Natascha am Vortag. Pünktlich um acht stand er auch vor dem Hotel mit seinem Ford Scorpio und Natascha schon an Bord. Sie hatte eine Straßenkarte für mich mitgebracht, sowie ein kleines Heft mit Informationen über die Region. Zwar auf Russisch aber mit vielen Bildern. Wir fuhren los und als wir eine Weile nachdem wir über die Neva gefahren waren immer noch Richtung Norden fuhren wurde ich skeptisch ob dieses der direkteste Weg zu unserem Ziel sei, sagte aber nichts. Als wir dann aber auf den Parkplatz vor einem Lebensmittelgeschäft fuhren, musste ich nach dem Grund fragen. „Aleksandr muss kurz etwas für die Familie einkaufen. Wir bringen es dann hin, sie wohnen sowieso auf dem Weg" sagte Natascha und ich schaffte es ruhig zu bleiben und keinen Kommentar abzugeben. ‚Von wegen auf dem Weg' dachte ich und fing an demonstrativ die Straßenkarte zu kontrollieren. Nachdem wir die Familie von Aleksandr versorgt hatten und noch einen Stopp für Kaffee und Blini eingelegt hatten -es war nämlich schon Zeit für das zweite Frühstück geworden- fuhren wir dann relativ zügig Richtung Westen. Der Blick: Links Wasser und Rechts Grün war zwar angenehm aber auf die Dauer langweilig, und so begann ich meinen Plan für die bevorstehenden Stunden aufzustellen, bzw. zu verfeinern. Ich meine den Plan wie ich die beiden Frauen auf das Gespräch über eine mögliche Fusion beider Agenturen hinführen konnte. Ein Punkt, der sicherlich noch Klärungsbedarf hatte, waren sicherlich die aktuellen Besitzverhältnisse. Für unsere Seite war die Sache ziemlich klar, und zwar, dass Natascha und meine Hamburger Agentur die Besitzer waren. Kira dagegen sagte zwar auch die Besitzerin zu sein, es gab aber viele die munkelten, dass dahinter eine Agentur aus Frankreich stand. Zumindest mit einer Beteiligung. Letztere hätte meine Pläne gewaltig gestört. Aber wir waren noch nicht soweit, denn erstmal sollten wir überhaupt zu dritt darüber reden.

Nach der Umgebung zu beurteilen waren wir angekommen. Irgendwo hatte ich das Wort Primorks an einer Fassade oder auf einem Schild gesehen, und drum herum sah es nach einem russischen Badeort aus, und Natascha verkündete: „Wir sind da. Jetzt rufe ich Kira an. Sie wird gleichkommen, und dann machen wir einen schönen Spaziergang am Strand entlang". Es war elf Uhr. Mit dem Wissen, dass ‚gleich' mindestens fünfzehn Minuten bedeutet, sagte ich: „Ich habe nichts gegen einen Spaziergang, aber erstmal möchte ich mich dort untern dem Baum hinsetzen und ein Bier trinken. Dann kann auch Kira gleichkommen". Natascha verstand und nickte mit dem Kopf. Kurz nach halb zwölf kam Kira an, entschuldigte sich für die Verspätung und wir alle küssten uns, wie es sich gehört, dreimal. „Oh ein Bier, das ist eine sehr gute Idee, und hier haben sie auch wunderbare selbstgemachte Blinis mit Honig" sagte sie, während ich gerade dachte, dass sie nach dem letzten Treffen doch etwas zugenommen hatte. Nach der zweiten Runde Bier mit Blinis gingen wir los zum Spaziergang entlang des Strandes. Ich merkte, dass Natascha, die von meinem Anliegen wusste, eine Möglichkeit suchte die Umsetzung dieses Anliegens torpedieren zu können. „Oh guck mal wie nett" sagte sie und zeigte Richtung einen großen Baumes, worunter jemand versucht hatte eine Art Grilllokal einzurichten. Neben verkohlten Würsten und fettigen Koteletts wurde auch warmes Bier angeboten. Kira und ich brauchten nichts zu sagen, denn unsere Blicke haben Natascha unsere Meinung verkündet. ‚Die Zeit ist reif' meinte ich und sagte: „Ich habe im Lokal wo wir Bier getrunken haben eine sehr gemütliche Ecke gesehen, wo man ruhig sitzen kann. Ich möchte auch mit euch beiden etwas besprechen". Kira reagierte positiv und fröhlich, während Natascha nur ‚na gut' sagte. So kehrten wir auf dem Sand zurück. In der kurzen Zeit des Spazierganges habe ich es geschafft dreimal mit meinen nackten Füssen auf Teerklumpen zu treten, um dann beim Säubern die Socken zu zerstören, aber ich habe mein erstes Ziel erreicht. Die Ecke war noch frei und wirklich sehr gemütlich. Auch die Speisekarte versprach gutes.

„Ich nehme den Stöhr" sagte Natascha und fing sofort an zu erzählen, dass ihre Tante immer Stöhr mitgebracht hat, als sie von Vyborg zurückkahm, wo sie regelmäßig eine Freundin besuchte. Sie wollte gerade anfangen zu erzählen wie man Stöhr am besten zubereitet, als die Getränke kamen. Eine für mich willkommene Gelegenheit das Wort zu ergreifen: „Lass uns auf uns drei trinken, und dass die Zukunft uns noch viele Gelegenheit geben möge so ein nettes Treffen zu wiederholen". Ich hatte es mir bei Vadim abgeguckt, wie man Trinksprüche in Russland erfolgreich loswerden kann und es schien, dass ich damit Eindruck gemacht hatte: „Gibt es einen besonderen Anlass?" fragte Kira, und Natascha fühlte sich genötigt zu Antworten: „Ganz sicher, sonst hätte er sich nicht so einen festlichen Spruch ausgedacht". Ich blieb noch einen Moment stehen, dann setzte ich mich und sagte: „Natürlich, und etwas Wichtiges noch dazu. Aber nun wollen wir erstmal den schönen Fisch, der bestimmt auch sehr gut sein wird, in Ruhe genießen" passte danach den richtigen Moment ab als wir alle mit dem Essen gerade fertig waren und begann meinen Plan zu erläutern. Es herrschte absolute Stille. Es schien, dass selbst der Kellner die Ernsthaftigkeit der Lage begriffen hatte, denn er störte uns nicht. Nicht mal mit dem Abräumen der abgegessenen Teller. Natascha, die den Plan schon halbwegs kannte, versuchte einen interessierten Gesichtsausdruck zustande zu kriegen, während Kira nach den ersten Sekunden der Überraschung sehr interessiert zuhörte. Ich kam langsam zum Ende und schloss mit den Worten: „Es wäre eine sinnvolle Entwicklung für unsere beiden Unternehmen, wie ich finde, und auch ein positives Signal für unsere Kunden und Lieferanten, aber jetzt machen wir eine Denkpause. Ihr wollt bestimmt ein Dessert bestellen." Die beiden taten es, froh über die Unterbrechung. Ich beschränkte mich auf einen Kaffee und ein Vodka.

„Aber wie soll es in der Tat funktionieren? Wie soll man entscheiden wer welche Funktionen übernimmt". Ich versuchte zu erkläre, dass man dieses gemeinsam entscheiden wird, auch anhand von Stärke und Schwächen usw. Kira war insgesamt zurückhaltender und ich merkte, dass sie wohl das Problem hatte, für ‚ihre' Firma nicht allein entscheiden zu können. Es entwickelte sich trotz allem eine doch sachliche Diskussion, die aber das Thema ‚Fusion' seitens der beiden Frauen als rein akademisch betrachte und nicht als eine tatsächliche Möglichkeit für ihre berufliche Zukunft. Als noch die Frage aufkam wer dann den Direktor abgeben würde, musste ich aufgeben und widmete mich fortan dem Kaffee und dem Vodka. Nach einem Verdauungsspaziergang, diesmal ohne Teerklumpen, verabschiedeten wir uns von Kira und fuhren zurück nach Sankt Peterburg. Natascha fühlte sich irgendwie verpflichtet dem Treffen einen positiven Anstrich zu geben worauf ich nur sagte: „Das einzige was ich gelernt habe ist, dass Kira nicht Alleininhaberin der Firma ist und Du ein Sturkopf bist". Danach war Ruhe. Ich fühlte mich fix und fertig und verschwitzt. Wollte nur unter die Dusche aber war auch noch etwas hungrig. Als ich ins Hotel wollte traf ich Alesis Ivanauskas, den alle ‚Ivan' nannten, den Verkaufsleiter des Hotels. Der zwang mich ihn in die ‚Magrib Bar' gegenüber zu begleiten, so dreckig wie ich war. Er wollte dort eine Kollegin, Verkaufsleiterin vom Radisson Moskau treffen, die auf ihn wartete. Beim Wort ‚Kollegin' hatte er mich komisch von der Seite angeschaut als würde er mir wer weiß was verraten wollen. Ich machte den Test und sagte: „Ich komme vom Strand und habe kein Geld bei mir". Er lächelte müde und zog eine rolle Zehndollarscheine aus der Hosentasche. ‚Der alte baltische Angeber' dachte ich und hoffte, dass wenigstens die Kollegin sympathischer sein möge. Alina, so hieß die Dame, saß schon an einem Tisch vor einer Batterie von Schälchen und einem großem Bier. Mein erster Gedanken war, wie konnte so ein Berg von Frau so einen zierlichen Namen wie Alina tragen, aber dann dachte ich mir, dass sie wahrscheinlich sehr nett war. War sie nicht, weil sie ununterbrochen redete, am liebsten Lettisch mit Ivan, und dazu auch noch mit vollem Mund. Ich hatte somit die Gelegenheit einige marokkanische Häppchen zu kosten und dazu einen Wein unbekannter Herkunft. Alles auf Spesen vom Radisson Hotels, bezahlt mit Zehndollarscheinen aus einer ‚Luden-Rolle‘. Ich dachte nur noch an meinen teerbeschmutzten Füße, erklärte dann innerlich den Tag für gescheitert und verabschiedete mich, nicht ohne vorher hoch und heilig versprochen zu haben, dass ich bald Alina in Moskau besuchen würde.

Zeitfracht Medien GmbH
Ferdinand-Jühlke-Straße 7
99095 Erfurt, Deutschland
produktsicherheit@kolibri360.de